ことのは文庫

妖しいご縁がありまして

お狐さまと記憶の欠片

汐月 詩

MICRO MAGAZINE

目次

Contents

妖しいご縁がありまして

お狐さまと記憶の欠片

始

「決して手を離してはいけないよ」

祖母はそう言うと、隣を歩く八重子（やえこ）の手をぎゅっと強く握った。八重子は、もうそんなに小さくないのになと不思議に思いつつ、痺れていく右手につい顔をしかめる。

辺りはすっかり日が暮れて、たまに現れる街灯が、頼りなく目的地までの一本道を照らしていた。両脇に続く田んぼは風に吹かれて稲穂がさわさわと揺れ、八重子たちの草履（ぞうり）の音を消し去っていく。

普段は人通りの少ない、暗く寂しいこの道。だけど、この日だけは様子が違った。八重子の前を、浴衣姿の子どもがおしゃべりをしながら歩いていく。誰もがみな、同じ場所を目指していた。

目の前の長い石段を上れば、目的地であるこの田舎で一番大きな神社だ。

祭りの夜にだけ吊るされる提灯の赤々とした灯りが、まるで異世界への入口のように、ほの暗い灰色の石段を目にも鮮やかに縁どった。

鳥居の奥にはきっと様々な種類の屋台が並んでいるのだろう。威勢のいいおじちゃん達が客引きをしている声がこちらにまで飛んでくる。

——あともう少し……。

八重子は、はやる気持ちを抑えつつ、鳥居までの石段を一段一段ゆっくり上がっていった。この日のために新調した、白地にピンクの桜模様が入った浴衣の裾を踏まないように、細心の注意を払いながら。

——着いたっ！

最後の一段を大胆に上りきると、目の前に広がる景色は八重子の想像以上のものだった。ずらっと並ぶ、色鮮やかな屋台のテント。金魚すくいに群がる子どもたち。ねじりはちまきを巻いて豪快に焼きそばを焼くおじちゃんの姿。生暖かい風に乗って運ばれてくる、焼きトウモロコシの醤油の焦げた匂い。射的のポンという小気味いい音。

そんなにぎやかな様子に、八重子は心躍らせながらも一生懸命辺りを見回した。

その時——。

「やっちゃーん！　こっちこっちー！」

どこからか八重子を呼ぶ声がする。急いで声のする方を見ると、こまちとすばるが人混みからひょこんと顔だけ出して、八重子に向かって手を振っていた。

——早く行かなくちゃ。

友達に、祖母と手を繋いでいるところを見られるのが恥ずかしかったからだろうか。それとも、自分だけ一人遅れて到着したことで焦っていたのだろうか。八重子は祖母の手からするりと抜け出すと、一人で駆けだしていった。

「八重子……！」

背中から祖母の声がする。しかしもう遅い。

『決して手を離してはいけないよ。さもないと――』

八重子の足は鳥居を過ぎ、境内へ一歩踏み入れてしまった。

『さもないと、神様に記憶を取られてしまうよ――』

始

壱　失くした記憶と失礼な白狐

祖母が亡くなったのは、高校入試を間近に控えた寒い夜のことだった。

強い風がびゅうっと吹き付けて、窓ガラスをカタカタ揺らす。キッチンの向こうで湯気がゆらゆらと立ち昇る。つけっぱなしのテレビでは、お天気お姉さんが、今晩から明日にかけて雪が積もるだの積もらないだの長々と説明している。その声と、電話で葬儀の話をしている母の声とを交互に聞きながら、私は机の上に頬杖をついてぼんやりしていた。

知らせを受けて真っ先に思ったのは、「なんでこんな時に」だった。

誰が聞いても薄情者と思われるこのセリフ。実際私自身も、なんて酷い孫娘なんだろうと思う。でもこれが私の正直な気持ちなんだから、仕方がない。

母は神妙な声で「わかりました、伝えておきます」と言うと、受話器をそっと置いた。そのまましばらく電話の前で突っ立っていたのだが、突然くるりと振り返ると私に向かってこう言った。

「やっちゃん、おばあちゃんが亡くなったそうよ……」

恥ずかしげもなく大粒の涙を流す母。六年も会っていない相手、しかも義理の母親なのによくそんなに泣けるものだ。

——うん、そうみたいだね。話し声でだいたいわかったよ。

私は、そう言おうとしてやめた。口に出してしまうと、本物の「薄情者」になってしまう気がしたからだ。

「やっちゃん、辛いね、悲しいね……あんなにおばあちゃん大好きだったものね……」

母は、私をそっと抱きしめると、そのまま声を上げて泣き出した。私はそんな母の背中をぽんぽん叩きながら、ため息をつきたいのをぐっとこらえる。

『おばあちゃん大好きだったものね』

——そうらしいのだ。

らしいというのは、祖母と遊んだ記憶が私にはほとんどないからだった。正確に言うと、私には、七歳から十歳三か月までの記憶がすっぽりと抜け落ちてしまっているのだ。

あれは私が七歳の頃。母が病気で長期入院することとなった。父も仕事があり私の面倒を見ることができない中で「私んとこに来ればいい」と名乗りを上げたのが、祖母だった。もう若くないから子どもの世話は無理だ、と父と母は一旦断ったが、祖母は「田舎だから周りがみんな助けてくれる。大丈夫や」と半ば強引に私を預かったらしい。

そしてそのまま小学生時代の半分ほどを、祖母と共に田舎で過ごすこととなった。

だけど不思議なもので、それだけ長くいたにもかかわらず、田舎の生活で私が覚えていることといえばあの夏祭りの夜のことだけだった。

母の退院が決まり、私も地元に戻ることとなったあの夏。最後に夏祭りに行きたいと駄々をこねる私に、「おばあちゃんと一緒なら」と条件付きでオーケーが出た。

一緒にまわった友達も、初めてりんご飴を食べたことも、いろんな食べ物を食べすぎてお腹が痛くなったことも覚えている。ただ、夏祭り以前の生活を思い出そうとすると、なんだか頭にモヤがかかったように、はっきりしない。

子どもの記憶なんてこんなものなのかな、と今まであまり気にしてこなかったが、母があまりにも「おばあちゃん子」認定するので最近は少し気がかりだった。

「……ごめんね、夕飯の準備しなくちゃね」

母は鼻をすすりながらキッチンへと向かった。

私はまた机に頬杖をついて、葬式ってどんなだったかな、と頭の片隅で考える。

葬式が終わったら、きっとまたいつもの日常が戻ってくる。ぎゅうぎゅう詰めの電車に揺られて学校に行き、友達とくだらないことで笑い合って、塾で夜遅くまで勉強して、帰って寝る。そんな、普通の生活。

だからこの日、帰宅した父があんなことを言い出すなんて、夢にも思っていなかったんだ。

「え？　今なんて言ったの？」

聞き間違いだろうか。驚きで言葉が続かない私を尻目に、父は得意げな顔でこう言った。

「だから父さん、会社辞めることにしちゃった」

今年五十になろうという父のてへへ笑いは、心底気持ち悪い。しかも、自分の母親が亡くなったその日に会社を辞めると決める人間が、一体どこにいるというのだろうか。

「え……なんで突然？　私たち食いっぱぐれるの？」

これから高校生になってまだまだやりたいこともたくさんあるのに、それでは困る。

「突然でもないんだよ、八重子」

父はさっきとは打って変わって、悲しそうに目を伏せた。

「おばあちゃんな、少し前からもうそろそろだろうって言われていたんだ。今の世の中じゃ死ぬには早すぎる歳だけどね、ボケが進んじゃってさ……」

そういえば夏ごろだったか、父と母がそのことで話し合っていたのを覚えている。なんでも、私がこっちに戻った後くらいから物忘れが激しくなっていき、ついには日常生活さえも難しくなり、施設にお世話になることになったと。たしかそんな話だったはずだ。

「それでな、父さん、おばあちゃんが死んだら田舎に戻ってあの家を守りたいって前々から思っててな、職場に話をしておいたんだ」

いよいよ話の雲行きが怪しくなってきた。

「田舎に戻るって……お父さんだけ行くってことなんだよね？」

お願いそうだと言って！　私は心の底からそう願った。だって、もうすぐ受験なのだ。あの高校の可愛い制服、新しい友達、おしゃれな放課後、素敵な彼氏……憧れの高校生活だって思い描いている。せっかくの高校生活を田舎で過ごすなんて、冗談じゃない。

　しかし父は私の気持ちを知ってか知らずか、母と顔を見合わせてコクンと頷いた。

「会社を辞めることになったとはいえ、今すぐ辞められるわけじゃないんだ。最低でも半年は引き継ぎに時間がかかると言われた」

　——じゃあ！

　希望の光が見えてきた。

　それなら私も、父とここに残って半年間生活して……いや、そもそも、何も今すぐ会社を辞める必要はないんだ。私が高校を卒業してから辞めればいい話じゃないか。そのあと父と母だけ田舎に戻り、私はこっちで一人暮らしでもすればいい。そう言おうとして口を開きかけたその時、

「……だからな、母さんと八重子が先に向こうに行っててほしいんだ。八重子も途中で高校が変わるのは嫌だろ？」

　無慈悲にも、父はそう言い放った。

「お、お母さんは？　それでいいの？」

　焦った私は今度は母に助けを求めることにした。母は都会生まれの都会育ち。生粋の都会っ子だ。未だに、小さい虫一匹出ただけでぎゃーぎゃー騒ぐくらいなので、田舎暮らし

なんて絶対嫌に決まっている。

　しかし母は、予想に反してあっけらかんとしていた。

「大丈夫よ～。お父さんからその話を聞いた時から決めていたの。お父さんの意思を尊重しようって」

「そ……そんな……」

「それにやっちゃん、田舎って言っても金沢の方じゃない」

「え……金沢？」

「そうよぉ。あんなに長期間住んでいたのに、忘れちゃったの？」

　金沢――。

　その言葉に一瞬心が動く。石畳の茶屋街、おしゃれな美術館、兼六園のライトアップ、おいしそうな海鮮丼……たしかにガイドブックを眺めては、「一度は行ってみたいな」と思いを馳せたこともあった。いや、でも、旅行に行くのと移住するのとではわけが違う。住み続けることができるかと言われれば、自信はない。

「な、八重子！　お前も昔の友達に会えて嬉しいだろう？」

　父と母がきらきらした瞳で私を見ている。

　どうやら、彼らの中で「三人で田舎に移住すること」は決定事項らしい。ここから意見を覆すのがどれだけ難しいか、長年娘をやってきた私には痛いほどわかっていた。

　私が何も言わないことを「イエス」と捉えたのか、父と母の話題は、いつの間にか引っ越しの日程に移っていた。

――こうして、私の憧れの高校生活は、あっさりと儚くも夢砕かれたのだ。

＊＊＊

暖かな日差しが肌にじんわり優しく降り注ぐ。そのうららとした陽気に、気を抜くと思わず眠ってしまいそうになる、春。

そう、春だ。世の十五歳ないし十六歳は、これから始まる高校生活に期待に胸膨らませているに違いない。本来なら私もそうだったはずだ。それなのに。

「なんにもなーい！」

思わず車の後部座席で叫んでしまった。

住み慣れた町にお別れをして数時間。窓の外を流れ行くのは、どこまでも広がる田畑と、その向こうに連なる青々とした山だった。たまに古びた家々が現れるものの、それも長続きせずまたすぐ茶と緑のコントラストに元通り。

「ねぇ、『金沢』って言ってなかった？　あの有名な駅前の鼓門(つづみもん)も、近江町市場(おうみちょういちば)も、茶屋(ちゃや)街(がい)も見当たらないんだけど」

助手席に座る母に訴えた。けれども母は振り返るなり、

「あら、金沢の方って言ったはずよ？」とケロリと言い放った。

「ちょ……ちょっと待ってよ……じゃあここって……──」

「能登よ、能登。もうやっちゃんてば本当に覚えてないのね。自然に囲まれてとってもいい気持ちじゃない。能登はいいわよぉ。能登牛っていうおいしいお肉もあるし、海鮮丼も安価で食べられるのよ？　食べ物だけじゃないわ。輪島の朝市は活気があって楽しいし、能登島には水族館もあるんだから。やっちゃんもきっと気に入るわ」

──の……能登!?

左右見渡したところで、おしゃれなカフェや、ゲームセンター、ファッションビルなんかは当然見当たらない。この景色、紛れもなく「田舎」だ。こんな何もないところで暮らしていけるのだろうか。

「ねぇ、お父さん、なんにもないよ？」

今度はハンドルを握る父を指名した。

「はは、もう少ししたら栄えているところに出るさ。ここには商店街だってあるし、最近じゃショッピングモールもできたらしいぞ！」

父は視線を前方から逸らさずに言った。その声はどこか上擦っている。きっと、久しぶりの地元に興奮してそれどころじゃないのだろう。

「そうよやっちゃん。ほら、見て！　あんなに綺麗な小川、見たことないわぁ！」

母はまるで少女時代にタイムスリップしたかのように、無邪気にはしゃいでいる。

——うん、たしかに綺麗な小川だけどさ、私が言いたいのはそういうことじゃないんだよな……。

私は、二人から思ったような答えが得られないとわかったので、黙って目的地を目指すことにした。

窓を開け目を瞑ると、むせかえるような土と緑の匂いがした。

三十分ほど経っただろうか、父の「ほら、もう着いたぞ！」という声で現実に引き戻される。ハッとして外を見ると、石垣に囲まれたいかにもな日本家屋が建っていた。築何年だろうか、かなり古めかしいが朽ちたり傷んだりしている様子はない。黒々とした瓦がずらりと重なり合い、それは龍の鱗を思い起こさせた。家の両脇には大きな松の木が植えられており、まるでどこかの文化遺産か何かのような厳かな雰囲気を醸し出している。

「ねぇ、おばあちゃんってお金持ちだったの？」

車のドアをバタンと閉じると、そんな感想が口をついて出た。父は私の言葉に「ははは」と笑って、

「ここら辺は土地が安いからなぁ。このくらいの家が普通なんだよ」

と言い、家を眺める私を置いて、さっさと中に入ってしまった。

——それにしても。

まじまじと家を観察しながら私は苦笑する。やっぱりこんな家、見覚えがない。多分、

いや絶対に知らないのだ。いくら小学生といえども三年間も住んでいた家。普通は覚えていてもいいはずなのに、なんで私は覚えていないんだろう。

「八重子〜！　早く入っておいで〜！」

父の私を呼ぶ声がした。私は居心地の悪さを感じながらも、石畳の道を恐る恐る歩いた。馴染みのない引き戸に手をかけゆっくり横に引いてみると、からからといい音がした。

「いやぁ、懐かしいなぁ」

父がいそいそと歩き回っている。中は思ったよりずっと綺麗で、多少の古臭さは感じるものの、住むのに不便なことはなさそうだ。玄関から続くまっすぐに伸びた廊下は壮観で、ただ、歩くと所々みしみし軋むのが難点だろうか。畳敷きのだだっ広い居間は、古き良き日本を感じさせて、悪くない。何より、深呼吸をすると、い草の香りが胸いっぱいに広がって、とても心地よいのだ。

「やっちゃん、軽い荷物運べる？」

母が障子からひょいと顔を出して言った。見ると、母の手には、その体格から考えても明らかにキャパオーバーの段ボール箱が抱えられていた。

「お母さん、大丈夫？　大きい荷物はお父さんに運ばせればいいのに」

「やっちゃん、お父さんはしばらくそっとしておきましょう」

母は私の耳元でこそっと囁いた。不思議に思いちらりと父を見ると、肩を震わせながら窓の外を眺めている。

そうだった。ここは父が祖母と暮らしてきた家だ。祖母が亡くなってから今日まで毅然とした態度で過ごしてきた父だが、思い出の場所に来るとやはり、こみ上げてくるものがあるのだろう。

私は、父と祖母の暮らしに思いを馳せた。一か所だけ少し窪んだ畳。ここに、祖母は座っていたのだろうか。

段ボール箱は大小合わせて全部で六つ。私と母がとりあえず生活するのに必要な物だけだから、少なめだ。それらを全て運び終わると、母が冷たいサイダーをくれた。

「お疲れさまでした！　クーラーボックスに入れてたから冷えてるわよ」

ペットボトルの蓋を捻るとプシュッと爽快な音がする。サイダーを流し込むと、プチプチと泡が喉の奥で弾けた。やっぱり疲れた後にはこれだよね、なんて、ビールを飲んだ時の父のように言いたくなる。

「とってもいいところね、やっちゃん」

私たち二人は、居間の畳に座り込み、つかの間の休憩を取っていた。父はというと、久しぶりに幼馴染に会うんだとまだ昼の三時なのに早速飲みに出かけてしまった。

「いいところじゃないと、困る。せっかくあの高校蹴ってまでこっちに来たんだから」

私は大袈裟にため息をつくと、そのまま机に突っ伏した。今頃みんなは、あの可愛い制服に身を包んでおしゃれなカフェに集まっているのだろうか……そんな生活が、私にも訪れるはずだったのに。

「おばあちゃんには感謝してるわ」

母がしみじみと呟いた。突然のことに目線だけ母に向けて、一応「なんで？」と聞いてみる。

「だって、やっちゃんのこと、とっても可愛がってくれたんだもの。やっちゃんが優しくていい子なのは、おばあちゃんのおかげだわ」

そう言って、遠くを見つめる母。祖母のことを思い出しているのだろうか。

祖母がどんな風にここで暮らしてどんな風に私の世話をしてくれたのか、私にはわからない。思い出せない。母や父と思い出を共有できないことが、なんだか少し寂しい。

そんなことより、と前置きして、母はポケットから小さく折り畳まれた紙を取り出した。机の上で丁寧に広げていくと、それはこの町の地図だった。

「これあげるから、近所を散策してきなさいよ」

「えっ……でも荷物出さなきゃいけないし……」

「いいのよ、いいの。少しだけだもの、私一人でできるわ。それよりやっちゃんは明日から学校でしょ？　道がわからなくて遅刻でもしたら大変よ？」

それは、そうかもしれないけど。私が何か言う前に、母は私の鞄を持ってくると、その中に飲みかけのサイダーを入れた。

「はい！　暗くなる前に帰ってきてね」

にっこり微笑んで、強引に鞄を押し付けてきた。

これじゃあ、行くしかないじゃないか。私は鞄を受け取ると、小さく「行ってきます」と言い、立ち上がった。

パーカーにジーンズにスニーカー。引っ越し作業だけだと思っていたから少し野暮ったい恰好だが、ここは田舎だ。逆におしゃれした方が浮くかもしれない。以前はちょっと外に出るだけでもおしゃれしていたことが、もうすでに懐かしい。

さっきは車の中でよくわからなかったが、外は春特有の生暖かい東風が吹いていた。それがパーカーの裾をいちいち膨らませて、少し鬱陶しい。せっかくの地図もバサバサと忙しくはためいて、じっくり見れたものじゃない。

辛うじて家から学校までの道のりを目で辿ってみると、自然と「なんだ」という言葉が口をついて出た。なんてことはない、一本道なのだ。

「道に迷うわけないじゃん……」

さて、どうしようか。風は強いがいいお天気だ。ここで引き返すのもなんなので、せっかくだし本格的に散策してみることにした。もしかしたら、ここでの生活を何か思い出すかもしれない。

無駄に広い県道は、滅多に車が走らない。代わりによろよろしたお年寄りの自転車が、私をゆっくり追い抜いていく。それ以外に人通りはなく、まっすぐ続く道の両端には、どこまでも田んぼが広がっていた。田舎は都会より静かだと思っていたけれど、そんなことはなかった。人の話し声の代わりに聞こえてくるのは、名前も知らない鳥の鳴き声と田んぼの脇を流れる小川のせせらぎ、そして風で草木が揺れる音だ。むしろ都会よりずっといろんな音が聞こえる気さえする。

そんなのどかな道のりを歩いていくと――。

「……あれ？　もしかしてあれって……」

ふと、足を止める。前方に、ここに来て初めての見覚えのある景色が現れた。灰色の長い石段の先に見える、真っ赤な鳥居。間違いない、あの夏祭りの神社だ。

そう思うやいなや、私の足は無意識に駆け出していた。

こんなに走ったのはいつぶりだろう。受験勉強で久しく運動なんかしていない。弾む息を抑えながら、石段下から鳥居を見上げた。

「やっぱり……ここ知ってる」

子どもの頃の記憶と一つ違う点があるとすれば、その大きさだろうか。大きいと思っていた神社は、思いのほかこぢんまりしていた。

知っている場所があってよかった。だからと言って何かを思い出せたわけではないけれど、それでもこの町に着いてから感じていた居心地の悪さをほんの少し拭うことができた気がする。

私は石段の一段目に腰を下ろし、空を見上げた。雲の合間から覗く冴え渡った青空を見ると、走った疲れなんて吹き飛んでいく。そういえば、向こうでは空を見上げることなんて滅多になかったなぁ……なんてぼんやり考えていた、その時。

——きゅうん

突然、音が響き渡った。

——きゅうう

私のお腹の音だろうか。いや、別にお腹は空いていない。念のためにお腹に手を当ててみるも、やっぱり鳴っている様子はない。

——きゅうーん

違う、これ動物の鳴き声だ！　ようやく気づいてきょろきょろするが、近くに動物の姿はない。

——きゅうううう！

「ま、待って待って今探しているから！」

どこか怒ったような鳴き声に焦りつつ、辺りを必死に探す。声を頼りに、石段横の茂みをかき分け恐る恐る中に入ってみると……——いた。

そこには、真っ白でふわふわした毛並みの犬のような動物が罠にかかっていた。日本犬のような凛とした顔つきの小型犬。見たこともない犬種だが、おそらく雑種だろう。

「わんこ、大丈夫？」

犬は私の声にぴくりと耳を動かすと、すぐさま嬉しそうに尻尾を振った。

「ちょっと待っててね、今助けてあげるからね」

　こういった罠の類は初めて見る。錆びた鉄が犬の足を咥えこんでいて、その痛々しさに思わず顔をしかめた。

「うへぇ……痛そう」

　犬に噛まれないか内心ひやひやしながら、手を伸ばす。そっと罠に触ってみると、当たり前だがなかなか頑丈な作りをしていた。それをなんとか動かすこと数分。カチャリという音がして、犬の白い脚が解放された。その瞬間、犬は私の胸に飛び込んで頬をぺろぺろと舐めだした。

「わ！　わ！」

　後ろに転びそうになるのを必死に堪える。服が土で汚れてしまったけれど、こんなに喜んでもらえて頑張った甲斐があるというものだ。それにしても――。

「おまえ、野良のくせにやけに毛並みがいいね」

　耳の後ろを撫でてやると、犬は気持ちよさそうに目を細めた。白い毛は、丁寧にブラッシングされたかのように綺麗に整えられている。そして、しなやかに伸びた脚……。

「わんこ、血が出てるよ！」

　脚のちょうど罠にかかっていた部分の白い毛が、じんわりと赤く染まっていた。それは少しずつ周囲に広がっていく。このままにしておいたらもっと酷くなりかねない。

　何かないものかとポケットをまさぐると、よれたハンカチが入っていた。何もないよりかはマシだろう。それをぐるりと犬の脚に巻き付けて、不格好な蝶々結びを作った。

「これでよし……っと」

人助けならぬ、犬助け。こんな体験ができるのも田舎ならではかもしれない。脚の蝶々を追いかけぐるぐると回る犬を見ながら、しみじみそう思った。

犬はしばらく同じところを回っていたが、急にピタリと止まり、ピンと立った小ぶりの耳をひくつかせた。そして素早く私の足元を走り過ぎると、怪我をしているとは思えないくらい、あっという間に神社の石段を駆け上っていった。

「な、なんだったんだろう……」

この神社に住み着いている犬なんだろうか。その姿を目で追いかけるが、すでにもう見えない。犬がくぐったであろう鳥居は、さっき見た時よりも、どこか凛と佇んでいるように見えた。

——でも多分、気のせいだ。輝いているのは、きっと太陽の光のせい。

再び目線を空に移そうとした、その時。私が来た道とは反対方向……つまり、明日から通う高校がある方向から賑やかな話し声が聞こえてきた。

「やぁだ、それ本当——？」

「今度行ってみよう」

楽しそうに会話しているのは女子と男子の二人組。女子の方が金髪に近い茶髪にパンツが見えそうなくらい短いスカートという、田舎町にしては目立つ格好をしていたので、目が離せなかった。

ついついじっと見ていると、茶髪の子と目が合った。まずい……これではガンつけているようなものじゃないか。すぐさま目を離すも時すでに遅し。彼女はこっちに向かってずんずん進んでくる。

どうしよう！　こっちに来て早々目をつけられるのだけはごめんだ。この場合どう誤魔化すのがいいだろう。無視して立ち去るのがいいか、見ていたことを謝るべきか。そうこうしているうちに、彼女はもう間近に迫っていた。私の出した結論は——。

「ごめんなさい！」

「やっちゃんじゃなーい？」

私が頭を下げるのと同時に、彼女が私の名を呼んだ。

——今、「やっちゃんじゃ」って言わなかった？

私のことを「やっちゃん」と呼ぶ人物はそう多くない。なんとなく、呼び捨てにされた方が大人になったような気がして、いつからか周りに「八重子」と呼んでほしいと言っていた。だから、「やっちゃん」と呼ぶのはあっちの家のご近所さんと、あとは昔の友達だけなのだ。もしかして、彼女は……。

思考停止している中、先に口を開いたのは彼女の方だった。

「やっちゃんだよねぇ？　全然変わってないもん。あ、もしかして私のことわからない？」

茶髪の彼女は首を傾げると、まじまじと私の顔を覗き込んできた。大量のマスカラで埋め尽くされた二つの眼に、私の困惑した顔が映し出される。まるで猛獣に狙われた獲物の気分だ。

こんな派手な友達、いたかな。しかも昔の友達となるとほぼ思い出せない。私は負けじと彼女を見つめた。少し垂れた目に涙ぼくろ。なんとなく、見覚えがある気がするけど誰だろう……。

「もーお！　じゃあこれでどう？」

彼女は両手で前髪を上げると、それをちょんまげのように一つにした。その姿に、あの夏祭りの少女が重なる。

「もしかして……小町（こまち）？」

そう口にした途端、彼女の顔がパッと華やぐ。

「そぉだよー！　やっちゃん久しぶりィ」

『小町』こと堺（さかい）小町は、私がこの町で仲の良かった友達の一人だ。とは言っても、覚えているのは夏祭りに一緒に行ったことくらいだけど。

しかしたった六年の間に、彼女に何が起きたのか。私の知ってる『小町』は、男の子に間違われるような活発な女の子で、そんな鼻にかかった声でノロノロ話す子じゃなかったのに。しかも、彼女の話す標準語はイントネーションが少し不自然だった。

「ひ、久しぶりだね」

「もーぉ！　そんな他人行儀にならなくていーよぉ！　もしかして、遊びに来たの？」

「違うの。実は、今日ここに引っ越ししてきて……」

小町は私がしゃべり終わる前に「やったぁ」と叫ぶと、私の腕に勢いよく抱きついてきた。なんだか今日はよく抱きつかれる日だ。

「こまちゃん……きっと円技（つぶらぎ）のおばあちゃんが亡くなったのが関係しとるんや……あんまりはしゃがん方がいいよ」

小町の後ろからひょこんと男子が顔を出した。女子の私から見ても嫉妬しちゃうくらいサラサラな髪は、耳にかかる長さに切りそろえられている。その洒落っ気なしの髪形と、身長がそんなに高くないことが相まって、彼を幼く見せていた。

男子は私と目が合うと、耳まで真っ赤に染め、「や、やっちゃん……ひ、久しぶりやね」と、小さな声で呟いた。そんな彼に、小町が横から「はっきり言いなよぉ！」と背中を叩く。バシッと鈍い音が響き、彼は「いてて」と顔を歪めた。

小町と一緒にいるということは。

「もしかして……昴（すばる）？」

「お、覚えててくれたんだ……嬉しい」

あの夏祭り、小町の後にくっついて歩く、小さな男の子を思い出す。名前はたしか涼森（すずもり）昴。ずっと年下の男の子だと思っていたが、同級生だったんだ。

「あ、あの……円技のおばあちゃん……残念やったね」

昴が言いにくそうに切り出した。

「そおだよ！　円技のおばあちゃん！　私すっごくお世話になったから、悲しかったんだよぉ」

小町もそれに同調した。

「円技のおばあちゃん」とは、私の祖母のことだ。本名は円技君江。だがこの町の人はみんな、親しみを込めて「円技のおばあちゃん」と呼んでいたらしい。

私は昴の言葉に、「あー」とか「うん」とか曖昧な返事しかできなかった。

みんなが慕っている「円技のおばあちゃん」が亡くなったのだ。「円技のおばあちゃん」を祖母に持ち、しかも随分とおばあちゃん子だったらしい私が落ち込んでいると思うのは、当然のことだった。

けれども私は、みんなが期待しているような反応ができない。それが少し申し訳なくもあった。

「でも二人とまたこうして会えたのは、嬉しいかな」

やっとのことでそう言うと、小町と昴はほっとしたように微笑んだ。

「学校はいつから行くのー？」

「明日から行くよ。お父さんの休みがここしか取れなくて、入学式に間に合わなかったんだ。友達ができるかちょっと心配だけど……」

「大丈夫だよォ。小学校のメンバーとほぼ一緒だから、見覚えのある顔ばっかりだし。やっちゃんもすぐ慣れるよォ」

小町の言葉に昴も力強く頷いた。小学校のメンバーとほぼ一緒、というのが今の私にとって一番やっかいなんだけど、そんなこと言えるはずもない。

「……あ。そういえば、俺、今日早く帰らんといかんがやった」

遠くで鐘の音が鳴る。その音を聞いた途端、昴は焦ったようにリュックを背負い直した。

「また明日ね！」と手を振り、足を一歩神社の方へ進める。……まさか。

「昴の家ってここなの？」

「ん？　そうやよ」

それがどうかした？　とでも言いたげに昴が振り返る。私はさっきの犬のことを思い出していた。

「さっきそこの茂みで罠にかかったわんこを見つけたんだ」

「助けたのォ？」

「うん。そしたらね、そのわんこ神社の方に走っていっちゃって……。もしかしてその子、神社で飼ってる子かなぁって」

昴はきょとんとして言った。

「いや、ここで犬は飼っとらんなぁ。野良じゃないん？」

なんだ、やっぱり野良か。飼い主だったら怪我のことを言おうと思ったけど、その必要はなくなった。

「そっか、ならいいんだ」

昴にそう言うと、横から痛いくらいの視線を感じた。ちらりと見ると、こちらをじっと見つめる小町と目が合う。

「やっちゃんってさー、優しいよねェ」

「え？　なに、急に？」

「だってあんな茂みに入ってまでわんこ助けたんでしょぉ？」

「えー？　普通だよ、普通」

そう、普通だ。むしろ、あの状況で助けないという選択肢はないだろう。けれども私がいくら否定しても、小町は納得のいっていない顔で「優しい」を連呼していた。

「やっちゃんは……」

私と小町があれこれ言い合っていると、昴がワンテンポ遅れて声をあげた。私たちから同時に見られたからか、言った本人は急に恥ずかしくなったらしく、もじもじ手を交差させる。

「なーにぃ？　昴」

「あ、の、えっと、やっちゃんが昔から優しかったこと、俺も知っとるって言いたくて……」

へへへと照れ笑いする昴。それを聞いた小町は目をキラキラさせて「だよねぇ」と叫んだ。

――「昔から優しかった」……か。

昴の言葉にずきりと胸が痛む。二人がこれだけ熱心に言うということは、きっと私たちは当時、深い関わりがあったのだろう。なのに、私は何も思い出せない。

何も――。

三人と別れた後も、私は神社の石段に座って一人空を眺めていた。赤く色づいた空に、綿雲がぷかりと浮かんでいる。その一つの動きを目で追いながら、いつの間にかぎゅっと拳を握っていた。

なんで忘れてしまったんだろう……思い出したい。この町のこと、友達のこと……そして、おばあちゃんのこと。

＊　＊　＊

母は、「初日が大事なのよ！」と友達と分け合えるように大きめのお弁当をくれた。父は、「友達たくさん作れよ！」と私の背中をポンと叩いて都会に帰って行った。入学式から一週間遅れの転入生。受け入れてもらえるかわからずに、昨夜は緊張して寝られなかったほどだが、終わってみればあっという間だった。

結論から言うと、学校はすごく楽しかった。

クラスは小町、昴と同じだったし、あれほど心配だったクラスメイトとの対面は、向こうも「あぁ、やっちゃん？　そういえばそんな子もいたかもしれんなー」くらいの反応だったので、杞憂に終わった。それにちょっと昔の話になっても、小町がいちいちフォローしてくれるので、困ることもなかったのだ。

そんなわけで、私は足取り軽く家への道を辿っていた。あいにく小町と昴は部活動（小町は意外にも家庭科部で、昴はこれまた意外にもバスケ部だった）があるので、私一人で帰ることになったのだが。

「部活かぁ……」

初日ならではの重たいリュックを背負いながら、思わず心の声が漏れる。私も何か部活に入ろうか。

帰り際、不意に昴に「バスケ部に入らん？　やっちゃんも楽しめると思うんやけど……」と誘われたことを思い出す。思わず「なんで？」と聞き返したら、何か言いたげに口をもごもごさせていた。どこか含みのある言い方だったのが気にはなるが、バスケなんてできる気がしないので断ってしまった。かといって、料理もあまり得意ではないので、小町と一緒に家庭科部に入るのも気が引ける。

元々部活をするつもりがなかったので、みんながみんな部活に励んでいるこの状態に、衝撃を受けた。しかしこのままだと『一人で帰宅』が当たり前になってしまい、それはそれでなんだか寂しい。

あれこれ考えながら、学校横にある商店街の中に入る。こんな田舎の商店街にしては賑わっているようで、一体今までどこにいたんだろうというくらい大勢の人が買い物をしていた。八百屋に駄菓子屋に洋品店に魚屋。精肉店からは揚げたてのコロッケのいい匂いが漂ってくる。今度小町たちと寄ってみてもいいかもしれない。

商店街を通り抜けると、あとは家までひたすら田んぼと畑に囲まれた一本道。登校途中、その存在を不思議に思った小さなベンチは、どうやらバス停だった。古びたバスからお年寄りが一人降りてきたのが見える。

耳を澄ますと聞こえてくる鳥のさえずり。太陽が反射してきらきらと輝く小川。都会では味わえない、なんとも言えない心地好さ。こういうのを『マイナスイオン』と言うのだろうか。

「案外、田舎暮らしも悪くないかもしれないなぁ」

ちょうど神社に差し掛かった頃、私は誰に言うでもなしに呟いた。もちろん、返事などあるはずがない。

「それはよかった」

そう、ありえないはずだった。なのに、なぜか返事が聞こえる。それも聞き覚えのない男性の声だ。

もし、もしも本当に私に対して言っているのだとしたら、相当危ない人なのではないか。だって、いきなり女子高生に話しかけるなんて、下手したら警察沙汰になりかねない。のんびり穏やかな気分は一転、急に怖くなってサーッと血の気が引いていく。

「…………………」

ここは無視を決め込もう。お互いのために。私は聞かなかったことにして、神社の横を足早に通り過ぎた。だけど――。

「おまえ、面白いものを失くしているな」

――今、なんて言った？

思わず声のした方を振り返る。その瞬間、ひときわ強い風が通り過ぎていった。石段を上った先に植えられた桜の花びらが、風に吹かれてひらひらと舞う。その花びらの合間から、石段に座り妖しい笑みを浮かべる着物姿の青年が見えた。

青年はキリリとした切れ長の瞳でこちらをじっと見ている。首の後ろで縛られた雪のように真白な髪は、桜のピンクとのコントラストでより一層美しく際立ち、私は思わず息を呑んだ。

「なんだ、俺がわからないのか？」

その言葉にハッと我に返る。わかるわけないじゃないか。そんな若いのに白髪で着物姿の知人なんて、たとえ記憶がないにしても、いるはずがない。

「な、な、なんですか突然。失くし物なんて、してません……！」

声が震える。青年は面白そうにくすくす笑うと、石段を一段一段ゆっくり下りてきた。逃げようと思えば逃げられる距離なのに、足が地面に吸い付いたように動かない。青年の優雅な足の運びを、ひらりと揺れる薄紫の上品な着物の袖を、ただじっと見つめているうちに、とうとう青年が目前に迫っていた。

「失くし物は、おまえのここだ」

　青年は自身の頭を指先で軽く二回叩いた。

「あの……どういう…………」

　そこまで言ってふと気づく。この青年は記憶がないことを知っているのではないか——。

けれどもそんなことありえない。この秘密は誰にも言ったことがないのだから。

「あなた、誰ですか？」

「やっぱり俺がわからないのだな」

　青年はゆっくりと着物の裾を引き上げる。すると、見覚えのあるハンカチをぐるりと巻いた白い足が露（あらわ）になった。

「そのハンカチは……」

　それは、私のハンカチだ。あの時確かに犬に巻いたはずなのに。じゃあこの青年は一体何者なんだろう……？

「あ、の……もしかして、わんこの飼い主さんですか？」

　それしか考えられない。青年はピクリと眉を動かすと、低い声で唸った。

「おまえ、アレが犬に見えたのか？」

「えっ…………」

　いきなり不機嫌になる青年に、わけもわからず狼狽（うろた）える。犬を犬と言って何が悪いのだ。

そもそも突然現れた赤の他人に怒られる程、理不尽なことはない。

私が何も言わないでいると、青年は「まぁいい」と呟いて再びニヤリと笑うのだった。

「俺は鈴ノ守(すずのもり)の神、縁門下(ゆかりもんか)、二紫名(にしな)。この前おまえに助けてもらった。おまえ、記憶を取り戻したいか？」

スズノモリノカミユカリモンカ……。これはなんの呪文だろう。

いや、問題はそこじゃない。この青年は「記憶を取り戻したいか」と言ったのだ。記憶を取り戻す？　思い出すじゃなく？　そんなことできるはず、ないじゃないか。それに。

「私、あなたのこと助けた覚えがありません」

ハッキリ断言すると、青年はおや、と首を傾げた。

「まだわからないか……あぁ、そうか」

青年は独り言のように呟くと、いきなり胸の位置で手と手を合わせた。「何をしているんですか？」と言う暇もなく、青年の頭から、腰から、にょきにょきと何か生えてくるではないか。

そう、それは――。

「み、み、みみみ耳っ！　し、し、し、しっぽしっぽしっぽしっぽ!!」

現実世界ではありえないはずのその姿。青年はピンと立った獣の耳と、白いふわふわの尻尾を携えていた。

「これで理解したか？　俺はあの時助けてもらった白狐(びゃっこ)だ」

びゃっこ？　あぁ、犬じゃなくて狐だったのか。いや、そういう問題じゃない。この人は人間じゃない、ということなのか？　まさか――。

私が目を白黒させていると、青年はくすりと笑った。

「あの時は人間の姿を保っていられない程弱っていたからな。おまえが見たのは獣の姿だったということを失念していた」

「ほ、本当にあの時のわんこ……？」

「阿呆！　俺は狐だと言っているだろう！」

青年は一声吼えると、ゴホン、とわざとらしく咳払いをした。

「それより……助けてもらったのは本当に感謝している。それで、だ」

青年が急に間近に迫ってきたので、私はドキリとした。白く透き通った陶器のような肌は、確かに人間離れしている。

「礼として、おまえの失くした記憶を返してやろう」

記憶――この町の、友達の、祖母の記憶。そりゃあ私だって、思い出せるのなら思い出したい。けれども、ここで一つの疑問が私の脳裏を掠めた。

「返すって……あなたが持っているとでも言うんですか？」

そんな馬鹿なことがあるものか。眉をひそめて青年を見る。

「いや、正確には、ここの神様である縁さまが持っていらっしゃる」

青年は神社を振り返り、言った。

「神様って……どういう……」

神社……そういえば。私の記憶は、この町に来てから夏祭りまでの三年間に限ってないのだ。もしかして、あの夏祭りの日に何かあったとでも言うのか——？

私の表情の変化を読み取ったのか、青年は嬉しそうに微笑んだ。確かに、笑うと目が三日月のように細くなり、それはまるで狐の目のようだった。

「おまえ、夏祭りにここに来たんだろう？　誰と来た？」

「え……？　おばあちゃんと……」

「その時祖母は何か言わなかったか？」

何か…………。私は、あの夏祭りの日を反芻する。浮かんでくるのは、祖母の手の強さと厳しい表情。そして——。

「……手を離しちゃいけないって……」

青年の問いに対する私の答えは、概ね正しかったのだろう。彼は満足そうに頷くと、話し始めた。

「この鈴ノ守神社の神である縁さまは少々変わった方でね。子どもの輝く記憶が好きなのだ。毎年夏祭りの夜に、鳥居を一人でくぐる子どもの記憶を盗ってしまわれる」

「記憶を……盗る……」

「そうだ。だが全員ではない。この町に住まわない者……つまり部外者の記憶しか盗ることはしない。おまえはこの町の出身ではないな？」

　こくんと頷く。

「おまえはあの日、祖母の忠告を守らず手を離してしまった。だから、おまえの失くした記憶は、縁さまが持っていらっしゃる」

「そんな……！」

　手を離した？　よく覚えていない。しかし目の前の青年は、まるで私の記憶が盗られた瞬間を見てきたかのように、生き生きと話している。

「安心しろ。返してやると言っただろう？」

「じゃ……じゃあ早く……」

「――ただし、条件がある」

　早く返してよ。そう言い終わる前に、青年はゆっくり顔を近づけてきた。

　青年の群青色した瞳は、私を捉えて離さない。気を抜くと吸い込まれそうになりながらも、私はごくりと喉を鳴らす。

「条……件……？」

「そうだ。記憶の道を創るのは非常に神力が必要だ。しかし、その神力を創り出すのに必要な道具が盗まれてしまってな。その道具を探すよう縁さまから仰せつかったのだが、如何せん俺一人じゃ心許ない」

　まさか、いや、そんなまさか。とても嫌な予感がする。青年は私の心中を知ってか知らずかニヤリと笑った。

「それで、だ。おまえも一緒に、道具探しを手伝う……というのはどうだ？　見つけることができたら、記憶を返してやる」

「は…………？」

私は今、一体どんな顔をしているのだろうか。嫌な予感というのは的中するもので、青年はおおよそ凡人には（というか普通の『人間』には）理解できない言葉を、事もなげに言ってのけた。

「私は……普通の、極々普通の女子高生です！　そんな意味不明なことできるわけないじゃないですか！」

そう。青年の言っていることは、『砂漠の中で一本の針を探す』ことと同じくらい不可能に近い。だって私はそもそも霊感もなければ、そういった類のものを信じているわけでもないからだ。まぁそれは、たった今獣の耳と尻尾を見て半分覆されたわけだが……。

「なんだ？　おまえ、記憶が戻らなくてもいいのか？」

青年は怪訝な表情でこちらをじっと見つめると、一言「そうか」と呟いて、元いた石段の方へくるりと踵(きびす)を返した。

「ならいいんだ。無茶を言って悪かったな。今日のことは忘れろ」

青年が帰ろうとしている。今日のことは忘れろ？　もし今の話が本当なら、これを逃したらもう二度と記憶が戻ってこないかもしれない。

小町や昴、それに祖母の顔が脳裏に浮かぶ。忘れてしまったままでいいの？　本当に？

「ま、待ってっ！」

石段を上り始めた後ろ姿に、思わず叫んでしまった。振り返る青年のしたり顔に、早まってしまったかと後悔するがもう遅い。

「記憶を……取り戻したい……」

「……おまえ、名は？」

「や、八重子……」

気づけば空はすっかり茜色に染まり、燃えるような夕陽が神社の石段も道路も青年の白い髪も何もかもを照らしていた。青年の瞳が青から朱に変わり、その幻想的な雰囲気に思わずくらりとする。

青年は再びゆっくり近づいてくると、満面の笑みで私にこう告げた。

「契約成立だ。よろしくな——八重子」

こうして、私と白狐の二紫名との、『探し物』が始まったのだった。

やっぱり早く都会に帰りたいよ、お父さん。

弐　名前を夢見る双子の狛犬

目を閉じていてもわかる、瞼の向こう側からの朝の気配。早起きな鳥たちが、松の木に止まって挨拶を交わしている。「今日は天気がいいわよ」「やっちゃんも早く起きてよ」なんて、私の妄想だけど。

「んん…………」

目を擦りながらぼんやり瞼を開けると、生まれたばかりの太陽が、柔らかな光を部屋にさんさんと注いでいた。今何時だろう。時計を見ると、短針はまだ五を指している。

「ご……じ、よんじゅうごふん……？」

いつものことながら早すぎる。くわっと大きな欠伸を一つすると、布団から出て窓辺に足を運んだ。窓から下を見下ろすと、昨夜は雨でも降ったのか、地面が雨露でキラキラと光っている。

昨日も一昨日も、こっちに来てからというもの毎朝この時間に起きてしまう。別に早起きが得意というわけではない。こうなるのには理由があった。この部屋にはカーテンがないのだ。いや、この部屋だけではない。この家中の窓という窓には、障子を除いて、カーテンは取り付けられていなかった。

そんなわけで、朝が訪れると否応なしに朝陽が部屋に入ってくるので、私は早く起きざるを得ないのだ。

キィキィしなる階段を下りると、母が台所に立っていた。タイル張りのつるっとした壁に母の影が映りこむ。手元からは湯気が立ち昇って香ばしいいい匂いが充満していた。

母は私の気配を感じたのかくるりと振り返り、瞳を大きく見開いた。

「あらぁ、やっちゃん、今日も早起きねぇ」

「お母さんも、ね」

「うふふ、だって、目が覚めちゃうんだもの」

匂いに釣られて近寄って手元を見てみる。母は卵焼きを器用にひっくり返し、コンロの火を消した。

「ねぇ、なんでこの家にはカーテンがないの？」

私は母に訊ねた。初めは汚れたカーテンを取り替えるためだと思っていたが、新しいカーテンを買うとか取り付けるとかそんな話が一向に出ないので、これは何かあるな、と考えたのだ。

「あら、そんなのおばあちゃんが決めたからに決まってるでしょう？」

「おばあちゃんが？」

「そうよ？　朝陽と共に目覚めて、夕陽と共に眠りにつきたいって。それが人間の正しい姿だからって、いつも言ってたじゃない」

何を今更、とでも言いたげに、母は眉を下げた。そうか、これは私が忘れた情報だったか。私が忘れた、あの頃の記憶――。

『記憶を返してやろう』

昨日の二紫名とかいう狐の言葉が一瞬頭を過ぎり、私はそれを打ち消すように必死に頭を振った。そんな様子を、母は不思議そうにしばらく見つめていたが、「いけないいけない」と呟くと、すぐに目線を手元のお弁当箱に移した。

「私もそれに賛成なのよね。ま、さすがに、夕陽と共に寝ることはできないけどねぇ……よし、と、でーきた！」

母はそう言うと、お弁当箱をこちらに向けてきた。こういう時の母は、何かしら自慢したい時だということをわかっているので、それに乗っかってあげる。お弁当箱を覗き込むと赤、黄、緑の色鮮やかなおかずたちが、今日の主役であるハンバーグを彩っていた。肉厚なそれは、どうやらひき肉から捏ねて作ったものらしい。

「朝時間があると、つい凝ったもの作りたくなっちゃうのよね～」

母は朝の時間を楽しんでいるようだ。

この時間の、少しひんやりと澄み切った空気がすがすがしい。そんな空気を胸一杯吸い込んで、私は足早に学校を目指した。なぜなら、昨日の今日で、またあの変な狐に会いたくないからだ。まさか学校までは現れないだろう、そう踏んでのことだった。

　今思えば、あれは私が見た白昼夢だったのかもしれない。いや、きっとそうだ。だいたい『助けた狐が人間になって出てくる』なんて、どこぞの鶴の昔話と同じではないか。そんな都合のいいお伽噺が、この現代、ましてやこの日本で起こり得るはずがないのだ。うん、そういうことにしておこう。

　田んぼに囲まれた道を抜け、少しカーブを描いた坂道を登り、暫く歩くと……ついに来てしまった。目の前にあの神社が見えた瞬間、胸がざわつく。

　二紫名が前に立って私を待ち伏せしているかもしれない——そう思うと、会いたくないはずなのに、なぜか視線は神社に集中してしまう。案の定、人影が見えた。二紫名だろうか——？

　しかし予想に反して前に立っていたのは、別の人物だった。

「——……小町に……昴？」

「おはよォ、やっちゃん」

「や、やっちゃん！　は、早いね」

　元気に手を振り上げる小町と、その後ろに隠れるようにして佇む昴。どうやら二紫名はいないようだ。

「二人こそ早いね。昴は……朝練？」

「あ……うん、そう」

昴は控えめにはにかんだ。その少年のような可愛らしさからは、昴がバスケ部で活躍している姿はとてもじゃないけど想像できない。彼に激しい運動なんてできるのだろうか。

「昴はいいとして、小町はこんな朝早くからどうしたの？」

「えー？　昴と一緒にやっちゃんのこと待ってたんだよォ。一緒に学校行こ？」

相変わらずマスカラびっしりのまつ毛を瞬かせる、小町。こんな朝早くからよく化粧をする時間があるなと、ある意味感心する。それにしても、私の記憶の中のボーイッシュな小町はどこに行ってしまったんだろう。

「じゃあ二人とも、早く学校行こう」

私は辺りをきょろきょろしながら言った。せっかく時間があるのだから二人とゆっくり会話したいところだが、あの狐がいつ現れるか気がかりで集中できない。早くここから立ち去りたいというのが正直なところだった。

私たちは並んで学校への道を歩き始めた。よく考えたら、いつも一人で電車通学していた私にとって「友達と登校」なんて初めての経験で、少しむず痒い。田んぼに囲まれた景色は、昨日この道を一人で歩いた時となんら変わりないのに、誰かと一緒だというだけで違って見えるから不思議だ。

小町はどんな話でも面白おかしく話してくれるし、そんな小町のボケに対して昴が大真面目に返すものだから、余計におかしくって吹き出してしまう。

こんな日常もありかもしれない。目覚ましが鳴る前に起きて、友達と楽しくおしゃべりしながらのんびり登校して……。田舎暮らしもなかなか自分に合っている気がする。

――……狐の一件を除いて。

そう、あの一件が脳裏にちらついて、楽しもうにも楽しめない。あの時はつい咄嗟に「やる」と言ってしまったが、よく考えたらおかしなことに巻き込まれた気がしてならないのだ。今度会ったら「やっぱりあの話はなかったことで」と伝えなくては。

「あらァ？　昴ちゃんに小町ちゃんじゃないけぇ。新しくできた友達？　それとも……昴ちゃんにできた彼女？」

学校の手前にある商店街に入ったところで、いきなり声をかけられた。

「ち、ち、違うよ！　やっちゃんやよ、おばちゃんも知っとるやろ？」

必死に否定する昴の顔は、茹でダコのように真っ赤だ。肩越しに覗くと、見知らぬおばさんが店の前に立っていた。歳は母よりも上だろう。白髪混じりの髪を一つに括っている。その手にはほうきとちりとりが握られており、どうやら店の開店準備をしている最中らしい。看板には「田中駄菓子店」と書いてあった。

「やっちゃんって……あらまぁ、あの『やっちゃん』かい？　久しぶりやねぇ、ずいぶん綺麗になっちゃって」

駄菓子屋のおばさんはそう言うと、ずいっと身を乗り出してきた。至近距離でじろじろ見られてあまりいい気はしない。

「この前健ちゃんが挨拶に来たから、こっちに来てたのは知っとったけど、本当にまぁ女の子は変わるねぇ。あの頃はこぉんなに小さかったやっちゃんが、もう女子高生なんてねぇ。私も年取るはずやわ」

「こぉんなに」と言いながら、おばさんは自分の胸辺りを手で示した。

「健ちゃん」とは多分お父さんのことだ。健一郎だから、健ちゃん。昔そう呼ばれていたと言っていた気がする。父の知り合いだろうか。だけど私は、当然のことながらこの人のことがわからない。

「あ……の……」

「あぁごめんごめん。おばちゃん、覚えてないかなぁ？　ここの駄菓子屋でばーちゃんと一緒に店番してたんやけどね。ほら、やっちゃんもたまに買い物に来てくれたやろ？　ばーちゃんもまだまだ現役やけど、最近は歳でさぁ……あんまり動き回ったりはできなくなってんてねぇ。……そうやわ、円技のおばあちゃんは残念やったね。私本当に悲しくてね。よくうちのラムネ買いに来てくれたからさぁ。寂しいもんやねぇ」

止まることのないおしゃべりに辟易しつつ、昴と小町に目線で助けを求めた。

「あーっ！　おばちゃんごめんねェ。うちら、そろそろ行かなきゃなんだぁ」

「え？　もう行っちゃうん？　あ、じゃあラムネ持ってきな、ね？」

「結構です。学校に持って行けませんので！」

イライラして自分でも驚くほどの大声が出た。こんな声、出すつもりじゃなかったのに。でももう引っ込みがつかない。ぽかんと口を開ける小町と昴の手を引くと、その場から逃げるように立ち去った。

どうしてこう、田舎の人って距離が近いんだろう。放っておいてほしいのに、ぐいぐい近づいてくる。やっぱり前言撤回だ。田舎暮らしは、私には合わない。

「や、やっちゃん！　やっちゃんってば！」

商店街を抜けた途端、後ろから聞こえてくる小町の焦ったような大きな声。

「……へ？」

「は、速いよォ」

立ち止まり振り返ると、ゼイハア肩で息をしてぐったりしている小町の姿があった。

……しまった。私、小町と昴をペース考えずに引っ張り過ぎたみたいだ。

「あ……ごめんね？」

「い、や、いいけどさぁ……」

そう言ったっきり黙ってしまった小町の代わりに、昴が心配そうな視線を私によこした。

「やっちゃん、もしかしてああいうの嫌い？」

「嫌いっていうか……」

元々自分が社交的じゃないのもわかっているし、あっちでは、ご近所づきあいも最低限しかしてこなかった。それに記憶がない今、初対面のおばさんに話しかけられるのは恐怖でしかない。

「――苦手、かなぁ」

「そっか……こっちはみんな顔なじみだから、ちょっとやっちゃん大変かもしれんね」

昴はそう言うと、申し訳なさそうに笑った。

＊　＊　＊

朝イチの数学はやっぱり意味不明だし、古文は眠くなるばかりだった。お昼は小町の唐揚げと昴の海老フライをそれぞれ一つずつもらい、代わりにハンバーグをあげた。「なにこれおいひぃ」と声を上げる二人に、お母さんに言ったら喜ぶだろうな、と嬉しくなる。

そんな、とても楽しい一日だった。

そう、上手い具合に例のことを忘れていたんだ。

このままいけば何事もなかったかのように過ごせるはずだった。

なのに——。

「八重子、遅かったな」

一人で歩く帰り道。ちょうど神社に差し掛かった時、すっかり気を抜いた私の目の前に、あの白狐の二紫名が現れた。

「ぎゃあ！　出たっ！」

「……人を幽霊みたいに言うな」

幽霊と白狐、どこが違うというのだろうか。二紫名は相変わらずニヤリと笑って私を見ている。昨日と同じ薄紫の着物に白く透き通った肌は、幽霊と言われてもおかしくないくらい現実離れしている。

「ゆ、夢じゃなかったんだ……」

「おまえ……あんなにハッキリとした夢があるものか」

「だ、だってだって夢じゃないとおかしいよ！　白狐なんて――」

「しっ」

突然口元を手で塞がれた。ヒヤリと冷たい感触に、お香のいい匂いが鼻先を掠める。そしてなにより……近い――。

「な、な、なに……」

「おまえ、白狐（そのこと）を口に出すなよ？　俺のことは二紫名と呼べ」

二紫名はそう言うと、私をそっと解放した。残り香が私の体にまとわりついて、柄にもなくドキドキしてしまう。そんなことお構いなしに、二紫名は私の前をすたすたと歩き出した。

「では八重子。早速探すぞ」

「あ！　そのことなんだけど……やっぱりやめようかなって」

一瞬の間。怒っただろうか。二紫名の背中を不安げに見る。

しかし私の予想に反して、振り向いた彼の顔は、怖いくらい満面の笑みだった。

「残念だったな八重子。契約成立したからには最後までやってもらう。もしやめると言うなら、神の崇りがおまえを襲うぞ」

二紫名は「神の崇り」なんて言葉を出してきた。いつもならそんな言葉スルーするところだが、彼の場合、存在が存在なだけに本当に崇られそうで怖い。

「ひどいよ！　クーリングオフとかってないわけ？」

「……く……？　なんだそれは？」

なんて厄介なんだこの狐は。クーリングオフもなければ、崇ると脅してくる始末。こうなったら腹を括るしかない。

「…………もういい、わかった。それならちゃちゃっとその道具とやらを見つけ出して、記憶を返してもらうからね！」

そしてこの変な狐からも早く解放されたい。私はただ、普通の生活を送りたいだけだ。

「ははは！　さすがは君江の孫だな。潔良さがよく似ている」

「……今、君江って言った？」

「そうだが？」

「おばあちゃんを知ってるの？」

二紫名はより一層妖しく微笑む。

「知ってるも何も、これから探す道具は、君江が縁さまに供えたものだ」

「おばあちゃんが？　なんで？　……っていうか、なんでおばあちゃんの供えた物がそんな力を持ってるの？」

頭の中が混乱してきた。祖母は普通の人間のはずだ。それとも、忘れているだけで何か特殊な能力を持っていたのか？　いや、でも、父も母もそんなこと一言も言っていなかったような……。

「俺も詳しくは知らない。だがなんの偶然か知らないが、契約したのがおまえで俺は幸運のようだな。自分の祖母の持ち物なら、どういう物か見当がつくだろう？」

「いやいやいや！　私記憶がないからね？　わかるわけないじゃん！」

「ははは！　そうだったな！」

二紫名はなぜか上機嫌で、ケタケタと笑いだした。こっちは笑い事ではない。

「――つまり、おばあちゃんが持っていた物を探せばいいんだね？　でも、どこに行ったかわかんないんでしょう？　そんなの見つかりっこないよ……」

そもそもその道具がこの町にある保証もない。そんな宝探しみたいなこと、私なんかができるのだろうか。

「いや、道具の行方を探す必要はない」

二紫名はそう言うと、着物の袂から小さな方位磁石のような物を取り出した。

「どういう意味？」

「おまえは道具の『名前』を言い当てればいい。それが正解なら、これが道具のある場所を指し示すだろう」

「名前……？　名前がわからない物を探すの？」

「一度縁さまの手元を離れてしまうと、その道具の名前を縁さまは失念してしまうのだ。手がかりは縁さまの記憶だけ。俺たちは、縁さまがその道具についてどう感じたかをヒントに、道具の名前を当てなければならない」

なるほど、どうして二紫名が自分だけじゃ心許ないと言ったか、今ならわかる気がする。人間の持ち物の名前を探るとなると、やっぱり人間がいた方が何かと都合がいいのだろう。

「いいよ、わかった。じゃあ早速探そう？」

いまいち、この非現実的な世界を受け入れきれないでいるが、そんなことを言っている暇はない。

「そうだな。では……」

二紫名は、今度は懐に手をやると、真白な封筒を取り出した。中には、向こう側が見えるほど薄い和紙でできた便箋が入っていた。

「七色に光り輝くもの」

「…………はい？」

「以上だ」

「それだけ？　それだけなの？　他に何か書いてないの？」

私は必死になって二紫名の着物の袖を引っ張る。その情報量は明らかに少なすぎる。しかし、二紫名は「ほら」と一言呟くと、便箋を私の方へ向けた。

そこには大変達筆な字で「七色に光り輝くもの」とだけ書かれていた。便箋のどこを見ても、そのほかの文字は一文字も書かれていない。私は思わず盛大なため息をついた。

「……神様だか縁さまだか知らないけど、もうちょっと詳しく言えないかなぁ」

「それは今度本人に言ってやるといい。……さぁ、どうする？」

二紫名は試すような目付きで私を見ている。もしかして、面白がっているんじゃないだろうか。本当は記憶を返すなんて嘘っぱちで、「縁さま」と人間をからかうゲームでもしているのかもしれない。

それなら、絶対に見つけ出してやろうじゃない。

私はくるりと踵を返すと、今来た道を戻り始めた。慌てて二紫名も後からついてくる。

「八重子、どこへ行くのだ？」

「……とりあえず、おばあちゃんの大切な物を知っている人を探そう」

孫である私の記憶がない今、この町の人を頼るしかない。もしかしたら、祖母が縁さまにお供えした物を知っている人がいるかもしれない。

「……行くよ！　商店街へ」

＊　＊　＊

夕方だからだろうか。商店街は、買い物をする人でそこそこ賑わっていた。西日に照らされて、みんな頬をほんのり赤く染めている。

この時間は部活がない学生はもう帰宅した後だし、部活がある学生は部活動の最中ということで、同級生に会わないという点でちょうどいい時間帯だった。

ただでさえ転入生として目立っているのだ。その上、白髪で着物姿の男性と歩いているところを見られでもしたら、変な噂が立ちかねない。

私と二紫名は、人混みをすり抜けながら、商店街の中へと足を進めていった。

「目星がついているのか？」

「ちょっと……今朝ね」

昴や小町と歩いていた時に話しかけてきたあのおばさん。祖母のことを知っていそうな雰囲気だった。確かこの辺りに……——あった。

「田中駄菓子店」の看板が目に入った途端、横から頓狂な声が聞こえたきた。

「あらあらあらあらぁ！」

タイミングがいいと言うかなんと言うか、横から飛び出してきた声の主は、探していたあのおばさんだった。おばさんは別の店で何か買った帰りなのだろう、手に買い物袋をぶら下げて、私と二紫名を交互に見ている。その目は好奇心できらきら輝いていた。

しまった。町の人への言い訳を考えるのを忘れていた。よく考えれば私の記憶がないだけで、町の人は私を知っているのだ。「あの円技さん家の八重子ちゃん」が着物姿の見知らぬ男性と歩いていた、なんて、噂になってあっという間に広がってしまうに決まっている。

どう説明するべきだろう。「いとこのお兄ちゃんが遊びに来た」……よし、これで行こう。そう思った矢先に、口を開いたのはなんと二紫名だった。

「川嶋さん、ご無沙汰しております」

——ん？

「ニシナくんったら、いつの間にこっちに来とったん？　あんまり顔出さんから、みんな寂しがっとったよ？」

——んんん？

「すみません、本業が忙しくてなかなか神社のお手伝いに来られず……。しばらくは滞在する予定なので、またよろしくお願いします」

二紫名が流暢な挨拶をすることに驚きつつ、彼の言葉の意味を考えた。つまり、二紫名とおばさん……川嶋さん……は知り合い、ということ——？

川嶋さんは、うっとりと二紫名を見つめていたが、私の存在を急に思い出したらしい。こちらに不思議そうな視線を投げかけてきた。

「彼女は——」

二紫名の言葉に再び川嶋さんは視線を戻す。

「八重子は知り合いなんです。——古くからの」

そう言いにこりと微笑むと、川嶋さんはホゥッと息を吐いた。

「なァんや、そうなん！　やっちゃんにこんな素敵な知り合いがいたなんてねぇ」

「素敵だなんて滅相もありません……。そんなことより、彼女が川嶋さんに聞きたいことがあるそうなんです。それで僕も、ここに来て間もない彼女が帰り道を一人で歩くのは危ないと考え、ついてきた次第です」

よくもまぁそんな嘘がスラスラと出てくるものだ。一体どういうことなのよ、と二紫名を上目遣いで睨むが、彼は笑顔のまま表情を変えない。ついには「早く」とでも言うように、肘で小突かれてしまった。

「あっ……あのですね……祖母のことで聞きたいことがあって……」

消え入りそうな声で訊ねる。今朝この人に対して失礼な態度を取ったことを、今更ながら後悔した。

「あらぁ、なんやろうね？」

しかし川嶋さんはそんなこと微塵も気にしていないといった風に私に目をやる。

「えっと……祖母が生前、大事にしていた物とかってわかりませんか？」

「円技のおばあちゃんが、かい？」

川嶋さんはううん、と首を捻ると「そういう話はしてないからわからんねぇ」と呟いた。

わからない……か。期待していた分ショックは大きい。

しかしここで引き下がるわけにはいかない。なんでもいいから情報がほしい。

「じ、じゃあ！　祖母が生前、鈴ノ守神社に何かお供えをしたとか、そういう話知りませんか？」

何か、何か、何か――。

「ごめんねぇ。やっちゃんがそこまで言うんやし、何か大切なことなんやよね？　でもおばちゃん、円技のおばあちゃんとそこまで深い話はしてなくてさ。ばーちゃんならわかると思うんやけど……」

そう言うと、川嶋さんは申し訳なさそうに眉を下げた。

完全に出鼻をくじかれた。でも確かに、祖母がどんな話を町の人としたかなんてわからないし、もしかしたら自分のことなんて話していなかったかもしれない。

「そうですか……。いきなり、すみませんでした」

私はペコリとお辞儀をすると、まだ突っ立っている二紫名の着物の袖を掴み、ツンと引っ張った。

ここにはもう用はない。商店街のほかの人にも話を聞こう。数打ちゃ当たるかもしれない――そう思ったのだ。

やっとのことで、名残惜しそうな川嶋さんから二紫名を引き剥がすと、その場を後にした。

「あんた遅いと思ったら、こんなところで油売っとったんけ？」

くぐもったしゃがれ声が背中から聞こえたのは、二、三メートルほど歩いたところだった。

「ばーちゃん！　外に出たらだめだって言ったやん！　あ、ちょっと！」

川嶋さんの焦った声がしたかと思うと、急に誰かに右腕を掴まれた。何？　の「な」の字が口から飛び出る前に、強い力で引っ張られ、いとも簡単に振り向かされる。

目の前には、こんな力がどこに秘められているのかわからない、といったような老婆が立っていた。

「あんたが君ちゃんとこの孫け？」

「あの……えっと……ハイ……」

老婆に深く刻まれた無数の皺は、彼女の生きた月日を思わせた。垂れた皮膚からは元の人相は計り知れないが、優しい顔つきではなかったことはたしかだった。歳の割にしゃんと立つ姿は、なかなか迫力がある。

「も〜、ばーちゃん！　やっちゃんびっくりしとるやん！」

川嶋さんが割って入ってきてくれたおかげで、老婆の焼き付きそうなくらいまっすぐな視線を免（まぬが）れることができた。

「田中さん、お久しぶりです」

「……あぁなんや、神社のニシナやね？　すっかり見なかったから存在を忘れとったわ」

「すみません、本業が忙しくて……」

「ふぅん、まぁいいけどね。久しぶりなんやからほら、その子も一緒に茶でも飲んでいきィ」

話の流れから考えるに、老婆はきっと駄菓子屋の店主なのだろう。老婆、もとい、駄菓子屋のおばあちゃんは「その子」と言いながら震える指先で私を指した。

「ああ、いいですね、ちょうどいい。八重子が田中さんに聞きたいことがあるんですよ」

「あ！　そうそう！　ばーちゃんならわかるね？　円技のおばあちゃんのこと！」

川嶋さんの興奮した甲高い声に、駄菓子屋のおばあちゃんは顔をしかめた。その表情のまま私にずいっと近づくので、私の心臓はドキリと跳ねる。

「あんた、確か『八重子』とか言ったね？　いいさ、アタシがわかることならなんでも教えてやるわ」

駄菓子屋のおばあちゃんからは甘い匂いがした。


「田中駄菓子店」は随分古くから営業しているのだろう。開放された木の扉から覗くコンクリートの床は、所々黒ずんで汚れていた。店内の棚にはバスケットや透明なビンが所狭しと置かれていて、その中にはこれでもかと駄菓子が詰まっている。天井に吊るされたプラスチック製の飛行機。壁に貼られた昭和の香りのするポスター。おもちゃ箱をひっくり返したような彩（いろどり）豊かな内装に、思わずうっとりする。

私は気になって、おもむろに商品を手に取ってみた。「ねりあめ」……ううん、知らない。「きなこ棒」……やっぱり、知らない。「フエラムネ」……見たこともない。

果たして、こんなお菓子を今の子どもは喜んで食べるのだろうか。あまりにもまじまじと見つめていたので、先に店の奥へと進んでいった駄菓子屋のおばあちゃんは、私を振り返り言った。

「あんた、そんなに気になるなら何か好きな物持っといで。こっちでみんなで食べよう」

「八重子の腹の音が聞こえたようだな」

二紫名はこそっと呟いて、私を追い抜いていった。鳴ってないもん！　そう言ってやりたい気持ちを抑えて、彼の背中をキッと睨みつける。

二紫名におちょくられたのは腹が立つが、駄菓子屋のおばあちゃんの折角の厚意だ。私は並んだ駄菓子をひょいひょいと何個かつまむと、みんなの後を追った。

店の奥に入っていくと、そこには丸いちゃぶ台が真ん中にあるだけの、小さな畳敷きの部屋があった。一足先に走って帰った川嶋さんが、お茶を用意して待ってくれていたらしく、ちゃぶ台には三人分の湯呑みが置かれていた。

「じゃ、私はこれで。店番しとるから、何か用があったら呼ぶんやよ？　ゆっくりしていくまっし、やっちゃん。ニシナさんも」

そう言うと、川嶋さんは部屋を後にした。パタンと扉が閉まる音がして、残された私たちに沈黙が訪れる。私は、胸をどきどきさせながら、駄菓子屋のおばあちゃんが祖母の話をしてくれるのをじっと待った。

駄菓子屋のおばあちゃんはふぅ、と息を吐くと、ゆっくりとした動作でお茶を啜り、そして私をまっすぐ見つめた。

「あんたが君ちゃんの孫だって、すぐにわかったわ。よお似とる」

　そう言って、目元を微かに細める。その瞳には懐かしさがじわりと滲んでいるようだった。

「それにしても君ちゃんには驚いたね。ある日突然アタシのことがわからなくなって……寂しい最期やった」

　そう呟いたかと思うと、小さな目を突然ぎょろりと動かした。

「で？　なんやって言うんや？　あんたが聞きたいことは。あ、それは割と人気やよ。食べてみまっし」

　駄菓子屋のおばあちゃんは私の持ってきた駄菓子を指さし言った。ぶっきらぼうな物言いだが、見た目より優しいらしい。私は早速一つを手に取って食べてみた。

「ん。おいしい……」

　しつこくなく、ちょうどよい甘さ。食べ慣れている洋菓子とは違う、どこか懐かしささえ感じる不思議な風味。これなら何個でも食べられるかもしれない。

　――じゃなくて！

　危ない危ない。駄菓子のおいしさに、つい目的を忘れるところだった。

「あの、私、祖母のことを調べているんです！　生前、祖母と親しかったと聞いて……それで……何か、教えてもらえませんか？　祖母が大切にしていたものとか、話とか……覚えてませんか？」

　駄菓子屋のおばあちゃんは、黙って目を瞑ると、もう一度お茶を啜った。ゆっくりと飲み干し湯呑みを置く。たった数秒の出来事なのに、沈黙が永遠のように感じた。

「君ちゃんはねぇ、アタシにとったら歳の離れた妹みたいなもんやったよ。ずっと昔、まだアタシらが娘っ子やった時代から、よくここに遊びに来てはお菓子を買ってってくれてね……」

駄菓子屋のおばあちゃんはポツリ、ポツリと、大切な宝物を一つずつ拾うように話し出した。ゆっくりと、落とさないように。

「とってもいい子でね……あの子が結婚するって聞いた時は、そりゃあもう嬉しかった。それなのに、あの子の旦那はね、早くに亡くなったんや。……清の葬式の時も、あの子は気丈にしとった……」

円技清……祖父が早くに亡くなったということは、父と母から聞いていた。なんでも父が生まれてすぐに、病に倒れたらしい。

「あの時のあの子の顔が、今でも忘れられないね」そう言って、駄菓子屋のおばあちゃんは小さく息を吐いた。

「それから暫くして、健坊も家を出ていって、いよいよあの家に君ちゃん一人になった時、あの子はなんて言ったと思う？」

「なんて……言ったんですか？」

「『これで思い残すことはないね』そう言ったんや」

駄菓子屋のおばあちゃんの瞳が儚げに揺れる。その消え入りそうな視線を逃すまいと、私はただまっすぐに見つめ返した。

ぼんやりと、朧気だったものが形を成していく。それはまるで、暗闇に放り出された時の、あの少しずつ物の輪郭が見えてくる感覚とどこか似ていた。

駄菓子屋のおばあちゃんが私に伝えたいことが、なんとなくわかってきた。祖母の大切なものというのは、つまり、失意の祖母の心を救ったものなのではないか。

「それは……つまり、その頃円技さんは、生きる希望を見失っていたのですか？」

二紫名の声で、駄菓子屋のおばあちゃんの瞳に光が戻った。

「いや、そんなに悲しい話じゃないね。あれはむしろ希望や。清の元へ、いつ行ってもいいっていう」

「…………………」

「アタシはね、思ったんや。あぁこの人は死に行こうとしてるんやって。未練なんか何もないって清々(すがすが)しい顔しちゃってさ。……それがや。それから何年か経ったある日、君ちゃんが嬉しそうな顔で訪ねて来たんや」

「嬉しそうな顔？」

駄菓子屋のおばあちゃんはクックッと笑うと、自らも駄菓子をつまみながら言った。

「孫ができたんや……って」

「それって……」

「そうさ、あんたが生まれて、君ちゃんは生き返ったようやったよ。昔から女の子がほしいって言ってたからね」

駄菓子屋のおばあちゃんは二つ目の駄菓子を手にすると、おいしそうに頬張った。あの頃の思い出を、駄菓子と共に一つ一つ噛み締めているのだ。

「それでまた暫くして、今度はそりゃあもう興奮して店に入ってきてね。どうしたん？って聞いたら、あの子、『今度は孫のお世話をすることになったんや』なんて言うもんやから、アタシびっくりしちゃってさ」

当時の祖母も、きっと目の前の駄菓子屋のおばあちゃんと同じような笑顔を浮かべていたのだろう。そう思わせる、温かな笑顔だった。

しかし、ここまで聞いてふと気づく。私は「大切な物」を訊いたはずだ。てっきり「失意の祖母を救ったもの」が大切なもので、そしてお供えをしたものだと思っていたのに、こんなに長々と昔話をされるとは。

……いや、違う。私はこの話から、祖母の大切なものが何か、わかってしまったんだ。ただ、それを認めてはいけない気がしていたのだ。

ちらりと横を見ると、すました顔の二紫名と目が合った。「早く訊け」そう言っている顔だ。

「それで……祖母の大切なものっていうのは……」

駄菓子屋のおばあちゃんは「鈍いね」と鼻を鳴らすと、皺だらけの顔を更に皺くちゃにして、言った。

れば。

「大切なもの、それはあんたや」

　西の窓から夕陽の赤が覗く。もう、時間だ。

　さっきから体中がむず痒くて仕方がない。早くこの居心地の悪い空間から抜け出さなければ。もう、時間だ。

「……どうやら、あんたがほしかった答えとは違ったようやね……」

　駄菓子屋のおばあちゃんはそう言うと、ゆっくりと腰を上げた。私が何も言わなかったから、気を悪くしたのだろうか。しかし、バタンと閉じた扉からは、怒りの感情は感じられなかった。

　不思議なことに、真っ先におちょくりそうな二紫名は、ただ黙って机の上の湯呑みを見ていた。二紫名が黙っているので私も何も言うことができない。そうやって、二人とも黙ったまま、時計のカチカチという音が部屋を支配した。

「ちょっと戸を開けてくれんけ」

　沈黙を破ったのは、しゃがれた声だった。

「あ、は、はい！」

　慌てて扉を開けると、そこには、大きなビニール袋を手に持った駄菓子屋のおばあちゃんが立っていた。袋は明らかに重そうだ。

「これ……どうしたんですか？」

「君ちゃんがね、あんたのためによぉく買って行ったラムネや。お土産（みやげ）や、持って帰りな」

そう言われて今一度袋を見てみると、たしかにラムネの瓶が詰められているのがわかる。

「こんなにたくさん……頂けませんっ！」

こちらから押しかけた上に駄菓子まで頂いて、その上ラムネもなんて、そこまでしてもらう訳にはいかない。しかし駄菓子屋のおばあちゃんは、表情を変えずに、袋を二紫名に手渡した。

「老いぼれの厚意は受け取っときィ。……それにね、アタシはあんたの話を君ちゃんからたぁんと聞いて、いつの間にか本物のばばぁになった気でいたんや。可愛い孫に初めて会ったんや、このぐらいさせてくれたっていいやろ？」

そこまで言われたら無下に断ることもできない。立ち上がり、深く深くお辞儀をした。

駄菓子屋のおばあちゃんは、こちらがいいと言っても店先まで見送ると聞かなかった。レジ奥に座っていた川嶋さんも「言うこと聞かなくて」といった顔で首を振る。

本当は長いことしゃべるのも辛かったはずだ。店に入る時より、足取り重く、やっとのこと歩いている。

店を出ると、私はもう一度深くお辞儀をした。にこりともしない駄菓子屋のおばあちゃんの顔は、初めて会った時より幾分柔らかく感じた。

「あ、そうそう――」

顔を上げたところで駄菓子屋のおばあちゃんは口を開いた。

「あんたがこの町に来た時、君ちゃんは随分と遊び道具に悩んだんやって。ほら、都会生まれの子は何して遊ぶかなんてわかんないしさ。そしたらね、あんたはこのラムネを気に入ったんだって、これでよく遊ぶんだって、君ちゃん楽しそうに言っとったわ。まぁ、あんたは覚えてないやろうけど」

空が淡い茜色から濃い菫(すみれ)色に変わっていく頃、私と二紫名は帰路に就いていた。夕陽に照らされ地面に映る影法師が二つ。身長が同じになるように、私は二紫名よりほんのちょっと先を歩いた。

二紫名は何も言わない、何も訊かない。雪駄(せった)の地面を擦る音と、影法師だけが、彼の存在を示していた。

「私はさ――」

頼まれもしないのに口を開く。この沈黙が嫌なのだ。

「おばあちゃんが亡くなった時、『なんでこんな日に』って思ったんだ」

ゼンマイ仕掛けのおもちゃのように、ぺらぺら勝手に口が動く。

「だって受験生だよ？　お葬式とか、そんなの出てる余裕なんてないのにって。勉強したいのに面倒だなって」

ああ嫌だ。何が嫌って、こんなことを赤の他人に、しかも白狐に言っている自分だ。でも言の葉はスルスルと、自我を持って口から飛び出してしまう。

「……覚えてないからって、そんなの、そんなの……ひどいよね。おばあちゃんは、私のことを大切に思ってくれていたみたいなのに――」

いつの間にか雪駄の音は消え、再び静寂が訪れた。二紫名は呆れて先に帰ったのだろうか。

「だが後悔しているのだろう?」

俯く私の視界に、見知った薄紫の着物。顔を上げると、いつも通りニヤリと笑う二紫名がいた。

「だからおまえは記憶を取り戻したい。違うか?」

そうだけど、そうだけど――。

肝心なことは言葉にならない。

二紫名は懐に手をやると、白地に同じく白の刺繍が入った美しいハンカチを取り出した。それをそっと頬にあてられ、私は自分が泣いていたことに初めて気づく。

「後悔は尊い。誰しもができることではない。だがおまえは後悔した。これは終わりではなく始まりだ。ここから始めればいいんだ」

ハンカチは二紫名と同じ匂いがした。甘く懐かしい、金木犀(きんもくせい)の香り。

＊　＊　＊

「えええぇー!?　やっちゃん、あの、ニシナさんと知り合いだったのぉ？」

教室に小町の大声が響き渡る。他のクラスメイトも皆一斉にこちらに注目した。

今はお昼休み。でもいくら休み時間だからって、声の大きさの限度はある。

「小町！　声おっきい！」

「だってぇ……ニシナさんでしょ？　びっくりするよぉ」

「……そんなに有名人なの？」

「目立つもん！　たまに神社にお手伝いに来てるんだけどね、もーちょおカッコイイもん！　どんな人なのかなぁ」

どんな人も何も、見た目通りの変な人だよ。喉まで出かかったこの言葉を、なんとか呑み込む。

「いやでも、見た目とかさぁ……」

「やっちゃーん、古い古い！　白い髪とかオシャレじゃん」

もう好きにしてくれ。呆れ果てた私を尻目に、小町は興奮冷めやらぬ様子で「あれは絶対ハーフだよね」とかなんとかのたまっている。あんな狐目のハーフがいるものか。

「ねぇ昴」

私はそんな小町を放っておいて、隣の昴に耳打ちした。

「神社にお手伝いに来てるってことは、昴はその……ニ、シナ、さん、の知り合いだったりするの？」

昴は一瞬考えた後、申し訳なさそうに笑った。

「知り合いやけど、たまに会って挨拶するくらいやよ。だからごめん、詳しいことはわからんげん。父さんやったらわかると思うけど……」

「あ、いや、詳しくはいいんだけどさ……じゃあ、あの……ニシナさんの漢字って知ってる……?」

「え……?　方角の『西』に名前の『名』やったと思うけど……。名前まではわかんないや」

なるほど。ニシナは西名、だったのか。商店街の人々が妙に二紫名のことを知っていると思ったら……そうやって人間界に溶け込んでいるってわけね。

とりあえず、「知り合いなのになんで知らないの」という突っ込みが飛んでこなくて助かった。

「……あ、そういえば、持ってきたよ?」

私は鞄の中に手を入れると、二本のラムネを取り出した。ペットボトル用の保冷ホルダーに入れておいたから、まだ少し冷たい。

「うわぁっ!　やっちゃん、ありがとー!」

「ありがとう、やっちゃん」

二人に一本ずつ手渡す。キラキラと目を輝かせる二人に、思わず顔がほころぶ。この町の人は、みんな田中駄菓子店のラムネが好きらしい。

「それにしても、驚いたよ。学校にラムネを持ってきていいなんて。私の住んでたところの学校だったら絶対ダメだったから」

ラムネをたくさんもらったことを、その日の内に二人に連絡したのだ。そうしたら、なんとこの学校は、ラムネに至っては先生の合意を得ているということで、持ってきてもいいのだった。なんでも、駄菓子屋のおばあちゃんは、この町の絶対的存在らしい。

ビー玉が落ちてプシュッと小気味のいい音が響く。その音を聞き、私はあることを閃いた。

「ねぇ二人とも。『七色に光り輝くもの』って聞いて、何を思い浮かべる？」

駄菓子屋のおばあちゃんからは結局答えは導けなかった。この際二人にも協力してもらおう。

私の突拍子もない質問に、一瞬間を空けて昴が答えた。

「七色……といえば、『虹』を思い浮かべるけど……」

そうなのだ。七色といえば虹。だけど、虹はお供えできない。

「うーん、実体があるもので何かないかな？」

私の問いに、二人はラムネを飲みながら、顔を見合わせた。

「あ、じゃあシャボン玉はぁ？　七色に見えるよねぇ？」

小町が椅子から飛び上がって言った。

シャボン玉……たしかに七色に見えなくはないけど、割れるしやっぱりお供えはできそうもない。

人に聞いたところでわかるわけがないか。となると、もう一度祖母の知り合いを当たるか、それとも……。

そんなことを考えていると、ちょうどチャイムが鳴った。小町と昴は「やばいやばい！」と言いながら、残ったラムネを一気に飲み干した。

「瓶、持って帰るよ」

そう言って手を伸ばしたその時。

「ちょっと待ってぇ！」

小町が焦って瓶を回収した。何をするのかと思いきや、飲み口の蓋をくるくると器用に回して取った。

「え……そこ取れるんだ？」

「そうだよぉ、知らなかった？」

小町は得意げににんまり笑うと、瓶の中からビー玉を取り出した。

「これこれ！　私これ集めてるんだよねぇ」

「集めてるって、ただのビー玉でしょ？」

——しかもラムネの。

余程不可解な面持ちをしていたのだろう。昴が可笑(おか)しそうにくすくすと笑いながら説明してくれた。

「田中駄菓子店のラムネってちょっと特殊でね、普通なら透明なビー玉が入っているところなんやけど……ほら」

　ころりと転がるビー玉は、瓶の中に入っていた時にはわからなかったが、ほんのりと色付いていた。表面は透明だが、中心に向かってグラデーションのように色が濃くなっていく。これは海の青だ。

「わ、綺麗……青いビー玉なんだね」

　私が呟くと、昴は何も言わずにもう片方のビー玉を指さした。こちらのビー玉は青……ではなく、生まれたてのヒヨコが体を乾かした後のような柔らかな黄色をしていた。

「色が、違う？」

「そう、面白いやろ？　本当はもっといろんな色があるげん。七色やったかな？　でもその内の一色がなかなか見つからなくって、みんな田中駄菓子店に通うんや」

「ああー！　やっぱり紫色だけどうしても見つからないよォ！　田中のばーちゃんの戦略だ、きっと！」

　がっくしと肩を下ろす小町を横目に「ほらね」、と昴が笑った。

　気を抜くと過ぎ去っていく、微笑ましい穏やかな日常。

　けれども私は、一瞬にして様々な雑音が無に帰っていくのを感じていた。自分の体が熱を帯びていく。ただ頭の中を駆け巡るのは、今まで耳にしてきたキーワードだった。

　祖母の大切なもの……私……私のためによく買っていたラムネ……ビー玉……七色のビ

―玉……。

全てが繋がった時、私の心臓はどくんと波打った。

これだ――。

＊＊＊

「何かわかったのか？」

開口一番のセリフがそれって、どうよ。

私はハア、とため息をつくと、制服の襟元をばたつかせた。汗をかいてベタついた肌に、新鮮な空気を送りたかったのだ。そんな反応をされるなら、必死になって走って来るんじゃなかった。

神社の前は人通りも少なく、私たち二人はこそこそしゃべる必要もなかった。

「あらかた八重子のことだ。結局何もわからなかったのだろう？」

ニヤリと笑う、二紫名のその顔がムカつく。私のことをことごとく馬鹿にして。こんなやつに涙を見られて、そのうえ慰められたなんて、一生の不覚。

「あのねっ！　そんな言い方はないんじゃない？　せっかく答えがわかったっていうのに！」

「……わかったのか？」

心底驚いた顔をして、私を見つめる。本当に、本当に、失礼なやつ。

「……だから、早くあの方位磁石みたいなもの、出してよ」

「羅針盤、だ。同じようなものだがな」

二紫名の手のひらの小さなそれは、やっぱりどう見ても普通の方位磁石にしか見えない。

「……ここに向かって言えばいいの？」

「そうだ」

方位磁石に話しかける。その普段は絶対行わない行為に、私は躊躇いながらも声を上げた。

「……田中駄菓子店のラムネのビー玉」

すると、どうだろう。今まで沈黙を守ってきた羅針盤は、急に自身をぴかりと輝かせると、一本の光の道を作っていった。それはぐんぐん伸びていく。神社の石段を上って、鳥居をくぐり、境内の中へ。

「……ねぇ、神社の中に続いてるよ」

「…………」

これは一体どういうことだろう。二紫名の話では、この羅針盤が道具の在り処を示すはずだ。ということは、探していた道具は神社の中にある……？

とすると、考えられることは二つだ。一、縁さまのうっかり。二、私をおちょくっている。さぁ、どっちだ。

私が二紫名をじっとり見つめると、彼は悩ましげにため息をこぼした。

「身内の犯行、とはよく言ったものだな……」

どういう意味？　そう訊ねる前に、二紫名は私の手をぐいっと引っ張ると、そのまま石段を上り始めた。

「ちょ、ちょっと！」

強引に繋がれた手はやっぱり冷たくて。でも、触れ合った場所からじわりじわりと温かくなる。ああ彼も、生きているんだな。そう感じると、急にこの状況が恥ずかしくなって頬がカッと熱くなる。私、今……二紫名と手を繋いでいる……――。

なんでこんなやつにドギマギしなきゃいけないんだ。こいつはただの白狐。狐なんだから。

長い石段をかけ上ると、懐かしい景色が広がった。龍の口からちょろちょろ水が流れ出る手水舎(ちょうずや)は柄杓(ひしゃく)が整然と並べられており、奥にはたくさんのおみくじが結ばれているのが見える。風がそよぐたびに神社を囲む木々がさわさわ音を鳴らし、どこか空気がきりりとしまる思いがした。今は昼間だし、屋台なんて一つもない。けれども、ここはたしかに、私が訪れたあの夏祭りの神社なんだ。

「こっちだ」

そのまま、砂利に挟まれた石畳の参道をずんずん歩いていく。毎日掃除されているのか、参道は石一つ落ちていない、とても綺麗なものだった。

そのまま拝殿まで行くのかと思いきや、二紫名は途中でピタリと止まった。そして辺りを見回すと、不機嫌そうな声を出した。

「おい、いるんだろう?」

しかし聞こえるのは境内を吹き抜ける、風の音のみ。二紫名は軽く舌打ちすると、小さくため息をこぼした。

「……ったく」

「ねぇ、誰に話しかけてるの……?」

誰もいない境内で怒り始めた二紫名は、傍(はた)から見たらものすごく不審だ。

しかし二紫名は私を無視し、息を大きく吸い込んだ。そして——。

「おい! おまえたちのおやつ、俺が全て食べるぞ!」

突然の大声に、木々にとまっていたカラスがバサバサと飛び立つ。漆黒の羽を落としながら、その鳴き声は境内をこだました。

「ちょ、ちょっと——」

近所迷惑だから。そう言おうとしたその時、木々の間から二つの影が飛び出した。

「だめなのー」

「なのー」

何事かと辺りを見回すが、人っ子一人いない。二紫名を振り返り「何事?」と目で訴えかけると、二紫名は下を指さした。

下……？　目線をゆっくり下ろすと、小さな女の子が二人、二紫名の着物の裾を掴んでいた。体を半分隠しながら潤んだ瞳で上目遣いにこちらを見ている。

「ほら、隠れていないで前に出るんだ」

二紫名は、女の子たちを無理やり着物から引き剥がすと、背中をぽんと押し出した。

長い亜麻色の髪は、腰までまっすぐ伸び風になびいている。眉上で切りそろえられた前髪、薄桃色の着物、二紫名の腰の辺りまでの身長。そのどれもが双子のようにおそろいだった。

「にしなー。この人だれー？」

「だれー？」

怪訝な表情の二人。そんな彼女らに二紫名はこう言った。

「八重子。人間だ」

え、ちょっと待って。その説明でいいの？　……というか、もしかしてその説明をするということは、この子たちは人間じゃないってこと？

混乱しているのは私だけのようで、当の二人は急に満面の笑顔になった。

「にんげんー！　ひさしぶりだー！」

「だー！」

きゃっきゃとはしゃぎながら、しまいには私の周りをぐるぐると回り出した。下駄の音がカラコロと、賑やかに鳴り響く。

「……おまえたち！」

そんな様子を黙って見ていた二紫名が、急に叫んだ。語気の強さから、相当怒っていることがわかる。

「きゅっ」

「きゅっ」

今度は二紫名ではなく、私の後ろに素早く回り込む二人。

「ね、ねぇ……こんな小さな子たちに可哀想だよ」

今にも泣きだしそうな二人に、初対面とはいえ、同情心が湧く。

「小さい？　何を言っているんだ。こいつらはおまえより随分年上だぞ」

「…………は」

「当たり前だろう？　これでも妖の端くれだ」

二紫名は私の後ろに隠れる二人を引っ張り出すと、その後ろ襟をひょいっとつまみ上げた。女の子たちは、足をばたつかせ「やーのやーの」と暴れている。

「こいつらはここに住み着いている、狛犬だ」

「狛犬……」

……って、あの狛犬？　どこからどう見ても可愛らしい女の子にしか見えない。けれどもそんな疑問はすぐに払拭された。そういえば目の前の男、二紫名も、白狐とかいう妖だったんだっけ――。

「にしな！　はなしてよぅ！」

「はなしてよぅ！」

「よくそんなことが言えたな！　おまえたち、縁さまの道具を盗んだだろう！　どこへやった」

　そう言うと、二紫名は手を離した。急なことで、二人は尻もちをついてしまう。

「きゃうん」

「きゅうん」

　彼女らはむぅっと頬を膨らませたかと思うと、そのまま着物の袂に手を突っ込んだ。次の瞬間、私の目の前に突き出される二つの拳。

「どうぐって、これ？」

「これ？」

　二人はそう言うと、同時に手を開いた。手のひらで転がる緑と青の球体。汚れが付いている上に少し傷が入って輝きは鈍っているものの、紛れもない、それはラムネのビー玉だった。

「そ、そう！　それを返してほしいの」

　私の言葉に二人はニンマリ笑う。

「じゃあ、にんげんのおねーちゃん」

「おねーちゃん」

「わたしたちのみわけがついたら、かえしてあげるのー」

「あげるのー」

――え……み、見分け？

戸惑う私をよそに、片方の子がもう片方の子にビー玉を手渡した。今二つのビー玉を持っているのは、主によくしゃべる方だ。二人は、ぱちくり瞬きを繰り返す私を見てもう一度微笑むと……――私の周りを高速で回りだした。

「えっ……ちょっと待って！」

これじゃあ、どっちがビー玉を持っている子かわからなくなってしまうじゃないか。

「またなぁい」

「またなぁい」

もはや速すぎてその姿さえも確認できない中、二人の楽しそうな声だけが聞こえてくる。

やっと止まったかと思うと、もうどっちがどっちだかわからなくなっていた。

「え……ええと……持っている子を当てればいいんだよね？」

私の問いに二人は同時にコクンと頷いた。

……だめだ。しゃべってくれればすぐにわかるという私の考えがバレているのか、二人は口を開こうとしない。

「に……二紫名ぁ……」

ちらりと二紫名の方を伺う。二人の顔見知りであれば、見分けなんて簡単につくはずだ。

けれども味方であるはずの彼は、なぜかニヤニヤ笑みを浮かべて私を見るだけだった。この反応は面白がっているに違いない。

　むっとしつつも心の中で唱えた。冷静に、冷静に。記憶を取り戻しこの狐とおさらばするには、なんとしてでもビー玉を返してもらわなければならないのだ。

　二人をじっと見つめる。服も顔も、ぱっと見は同一人物にしか見えないけれど、どこかに違いがあるはずだ。必ず、どこかに……。

　彷徨う視線は吸い寄せられるようにある一点に向かっていった。それは、緑と青のとてもきれいな……――。

「わ……わかった！」

「きゅっ！」

「きゅっ！」

　思わず大声が出て、二人を驚かせてしまった。二人の見開いた瞳、見分けるポイントはずばりそこだ。主にしゃべっていた子はとてもきれいなサファイアブルーの瞳をしていた。つまり……。

「ビー玉を持っているのは、あなたね」

　サファイアブルーの瞳をした子の頭を優しく撫でる。すると、その子は目をきらきらさせて言った。

「おねーちゃんすごいのー！　だぁれもわかってくれないのに」

「すごいのー！」

二人は息を弾ませると、私の目の前にビー玉を差し出した。やっと手に入れた、祖母の供えた道具。これで……これで解放される……そう思ったのに――。

「まだだ」

ホッとしたのもつかの間、今まで黙っていた二紫名が突然口を開いた。その強い語気に、和んでいた空気がぴりりと凍りつく。

「まだって……」

「阿呆。縁さまのヒントは『七色に光り輝くもの』だ。ビー玉が二つでいいわけがないだろう？」

「そ、そういえば……」

二紫名は盛大なため息をつくと、ゆっくり女の子たちに向き合った。

「おまえたち、残りの道具を返してもらおうか」

ぴしゃりと言い放ったその言葉に、二人は再び固まった。拳をきつく握りしめ、口を真一文字に結ぶ。何も言わない――それが、二人の答えだった。

「……おまえたち、わかっているのか」

頑なに何も言わない二人は、言葉の代わりに、大粒の宝石のような涙を零した。ぽとり、ぽとりと地面に落ちては消えていく。

「おまえたち！」

「待って！」

二紫名が怒鳴るのとほとんど同時に、私は叫んでいた。二紫名も、彼女らも、みんな目を丸くして私を見ている。

「きっと何か理由があるんだよ。ねぇ二紫名、訊いてみようよ」

私のその言葉に二人は堰を切ったように話し始めた。

「だって、だって、縁さま、あたしたちの名前付けてくれる約束だったのにー」

「だったのにー」

ぽろぽろと、次から次へと零れでる涙。

「なのに、いつになっても付けてくれないんだもんー」

「もんー」

そこから後は、鳴き声の大合唱で、うまく聞き取ることができなかった。

彼女らはひとしきり泣いた後、おやつのお饅頭を食べることでなんとか落ち着きを取り戻した。結局慌てた二紫名が、彼女らにお饅頭を渡したのだ。

「………で？　つまり、縁さまが名前を付けてくれないから、道具を盗んだと」

「ぬすむつもりじゃなかったもん！」

「もん！」

「ちょっとかしてもらおうって……。だってすっごくキレイでしょ？」

「でしょ？」

「コロコロ転がって、キラキラ光って」

「光って」

「それに縁さまがわるいんだよー！　やくそく守ってくれないもん！」

「もん！」

彼女らはぴーちくぱーちくと、まるで鳥の雛が餌を欲する時のように喚いた。ひとしきり言い終わると、またおやつの饅頭にかぶりつく。その隙をついて、私はさっきから気になっていた疑問をぶつけた。

「ねぇ、『名前がない』ってどういうこと？」

それに答えたのは彼女らではなく、一紫名だった。

「名前がない、そのまんまだ」

「なんで？　二紫名はあるのに？」

「……俺は『縁門下』、つまり縁さまの弟子だから名前がある。こいつらは弟子ではないから名前がない。それだけだ」

なんだかあまり釈然としない。名前がないと泣く彼女らは、あまりにも不憫でそして、いじらしい。人間には人間のルールがあるように、きっと妖には妖のルールがあるんだろうけど。

それにしても名前くらい、付けてあげればいいのに。言いようのない苛立ちが、ぐるぐると、私の頭を駆け巡る。気づいたら、言葉が独りでに飛び出していた。

「私が……私が名前を付けるっ！」

言い切った後にしまったと思った。もしかして妖の「名前」は、とても重要なものなのではないか？　神様から授かるくらいなのだ、私ごときが軽々しく付けるなんて、言ったらだめなのではないか？　そもそも他人にいきなり「名前を付ける」なんて言われて、気分を悪くしないか？　などなど、考えたらキリがない。

暑くもないのに汗がじわりと吹き出る。この後どうしよう、と焦る私に彼女らは瞳を輝かせてこう言った。

「おねーちゃんがつけてくれるのー？」

「のー？」

意外にも、彼女らは「私に名前を付けられる」ことに対して、特に抵抗はないらしい。現金なことに、涙の跡が残る顔にはもう笑顔が見え隠れしていた。私の両腕に絡まると、ぴょんぴょん飛び跳ね始める。

「お名前、早く！」

「早く！」

いつの間にやら彼女らのお尻の辺りには尻尾が生えていた。尻尾をくるくる回すように振る、そのリズムも全く一緒だ。

「ええと……そうだな……」

「わくわく！」

「どきどき！」

さて、困った。自分で言い出したこととはいえ、なんて名付ければいいのだろう。妖の世界にも名前の流行りってあるのかな。そう思いながら二人を見比べる。主によくしゃべる子はサファイアブルーの瞳で真似っ子する子はエメラルドグリーンの瞳だから――。

「あなたは『あお』ちゃん、あなたは『みどり』ちゃん！　……で、どうかな？」

「わたしは、あお……？」

「わたしは、みどり……？」

二人して顔を見合わせる。

もしかして、気に入らなかった？　しかしそんな心配をする必要はなかったらしい。二人は大輪の向日葵のような、今までで一番の笑顔を見せてくれた。

「「おねーちゃん、ありがとうー！」」

きゃっきゃと喜ぶ二人の横から、何やら妙な圧を感じる。はいはい、わかってますよ。

「……あのね？　お名前付けた代わり……っていうのもなんだけど、道具を全部返してくれないかな？」

二紫名の代わりにそう言うと、あおとみどりはさっきとは打って変わって、すんなりオーケーの返事をくれた。

「ちょっとまってて！」

「てて！」

二人同時に手を合わせると、あおとみどりはみるみるうちに獣の姿になった。髪と同じ、亜麻色の毛をなびかせて、凛と立っている。その姿はまるで――。

「……犬じゃない？」

「狛犬だ」

いいや、どう見てもただの犬だ。しかも割と可愛らしい系の。狛犬って、もっとこう、いかつくなかったっけ。

「きゃん、きゃん、きゃん！」

「きゃん！」

鳴き声まで犬だ。二人は一心不乱に地面を掘り進めている。もしかして、いやもしかしなくても、そこに隠してあるのだろうか。だとしたら、もう本当に犬でしかないと思うんだけど。

「犬だよね？」

「狛犬だ」

やっぱり二紫名は頑なに否定した。どうやらこの犬を狛犬と認識しなくてはならないらしい。

そうこうしていると、あおとみどりは同時にピタリと動きを止め、ポン、という音と共に元の女の子の姿に戻った。体中土まみれというオプションはついていたのだが。

「おねーちゃん、はい、これっ！」

「これっ！」

掘った穴からいそいそと、大切に大切に運んだもの。さっきもらった二つに残りの五つが加わって、手のひらの中で転がる、虹。それは、希望を携えた七つのビー玉だった。

＊＊＊

暮れなずむ空に、星が生まれようとしていた。

私は、足元に気をつけて、注意深く石段を下りる。一段一段、ゆっくりと。今日のことを思い出しながら。

結局あの後二紫名の手に渡った七つのビー玉は、二紫名によって縁さまに届けられた。実際には、二紫名が触れた瞬間に消えたという言い方が正しいのだが、彼が言うには「届けた」らしい。

あおとみどりは、帰る私の腕をなかなか離してくれなかったが、「また遊びに来るよ」という言葉で観念したようだった。「すっかり懐かれたな」と笑う二紫名が、やっぱり憎たらしかった。

薄暗い中、そんなことお構いなしに前を行く二紫名に、声をかけた。

「なんでビー玉だったのかな」

しばらく経って、二紫名が、つと振り返る。

「君江はあの駄菓子店で、一体どれだけラムネを買ったのだろうな」

その言葉に、小町の言葉を思い出した。

『やっぱり紫色だけどうしても見つからないよォ！』

「…………たくさん、だと思う」

「おまえはその頃まだ子ども。ラムネもそんなに飲まなかったんじゃないか？　それに加えて君江はお年寄。炭酸飲料なんて、好んで飲まないだろう」

苦手な炭酸をちょびちょび飲む。そんな祖母の姿を思い浮かべた。

「なんだか、申し訳ないな……」

「なぜ？」

「なぜって……」

私がビー玉をねだらなければ、そんな無茶をさせなくて済んだのだ。

「まだまだ子どもだな」

「はっ？　馬鹿にしてるの？」

ムッとして、思わず石段を駆け下りる。落ちていく太陽の反対側にうっすらと昇る月が、私たちを見ていた。

「君江は嬉しかったのさ」

ちょうど私と二紫名の目線が同じ高さになった時、彼はそう言った。

「田中さんが言っていただろう？　遊び道具に悩んでたって。そんな時、おまえがビー玉をねだって、君江は嬉しかっただろうよ」

「……そう、かな……」

「だから無理してでも買い集めたのさ。祖母とは時に、そういうもんだ。だから──」

二紫名は今度はいつものニヤリではなく、優しく微笑んだ。まるで、春の月のように。

「『申し訳ない』じゃなくて『ありがとう』と言うのが正しいな」

──悔しい。よくわからない悔しさに、私は唇を噛んだ。そんな表情を見られたくないので、ひょいと二紫名を追い抜く。

私に記憶があったら、何か変わったんだろうか。祖母が亡くなる前に、「ありがとう」と伝えられただろうか。

そんなことは、考えたってわからない。

「──あ」

ふと、大事なことを思い出し、くるりと方向転換した。

「ねぇ、記憶！　道具を取り戻したんだから、記憶返してよ！」

「は？」

「いや、『は？』じゃなくて！　約束でしょ？」

二紫名の顔がいつものニヤリ顔に戻っていく。嫌な予感しかしない。

「道具が一つだけなんて、いつ言った？」

完全に日は沈み、月がこの世を支配した。そんな世界でわなわなと、体を震わす私がいる。

「……な、な、な、な」

「これからもよろしくな、八重子」

すっかり暗くなった神社の入口で、近所の目を気にして声にならない声を上げる、不憫な私。

神様、縁さま、お願いです。この狐、どうにかしてください！

参　寝不足の烏天狗

私は今、猛烈に迷っている。それはもう、今まで生きてきた中で一番と言ってもいいくらいに。だからといって二番目は何かと聞かれても、答えられないのだけれど。

私の隣にはまだ何も知らない小町が、鼻歌交じりで銀色のボウルを戸棚から取り出していた。これを言ったらどうなることか、考えただけで恐ろしい。

言うべきか、言わざるべきか。三分くらい迷いに迷って、私はこの「真実」を小町に告げることにした。だって、友達だから。きっと小町なら私の話に耳を傾け、そして許してくれるはずだ。

「ねぇ、小町……」

小さな声になってしまった。

「どうしたのォ？　やっちゃん」

小町は小麦粉をふるう手を止めた。私の様子がいつもと違うことを察して、心配そうな眼差しでこちらを見つめる。

――……言わなくては。さっき言うと決めたじゃないか。言え、言うんだ八重子！

ごくりと喉が鳴る。制服の下を、汗が滴った。私の震える手元には、白いふわふわのホイップクリーム。台の上には今回の犯人が堂々と鎮座していた。こいつのせいで、私はやらかしてしまったのだ。

私は息を吸うと、ゆっくりと口を開いた。

「砂糖と塩間違えちゃった……！」

小町はぱちくり瞬きを繰り返すと「なぁんだそんなことー？」と言った。

「いや、『そんなこと』じゃないよ？　ホイップクリームが使えないじゃん！」

「大丈夫、大丈夫！　ホイップクリームがなくても十分おいしいからさぁ」

くすくす笑いながら手元の生地を混ぜる小町が、（見た目は派手だけれども）今は天使のように見える。

「ご……ごめんね……」

ああ一生の不覚。普段料理をしていないことがバレてしまった。けれども、さも「砂糖です」と言わんばかりに台の上に鎮座していた塩も悪いのだ。

「やっちゃん、ほんとーうに料理できないんだねぇ……」

そのまま手際よくオーブンの予熱をしながら、小町は呆れたように言う。「ほんとーうに」は余計だと思う。

今は放課後。私たち二人は、家庭科室にいる。「料理上手はモテるよぉ」「おいしいもの食べられるよぉ」とかなんとか言われ、結局小町に押し切られる形で私も家庭科部に入ることになったのだ。

そして記念すべき一品目が、ホイップクリームが乗ったカップケーキだった。……ホイップクリームはたった今なくなったけど。

「でも大丈夫！　ホイップクリームがない方が、持ち帰れるじゃん？」

小町がフォローにならないフォローをしてくれた。そんな小町は今日、カップケーキ作りを完璧にこなしながら、上に乗せるチョコレートでできた飾りを一人で作っていた。

その手際の良さは意外だった。普段は長い獣のような爪をしているくせに、部活の時だけ丁寧にそれを外して料理する。聞いたら、家でも当番制で料理をしていて、簡単な料理ならレシピを見ないでも作れるらしい。

人って見かけによらないなぁ。そんなことをぼんやり考えていると、オーブンの電子音が聞こえてきた。焼きあがったらしい。

「あ、いい匂い」

「うん、ちゃんと焼けてるねー」

オーブンを開けて目に飛び込んできたのは、よく膨らんで焼き色が付いた四つのカップケーキ。

「ねぇ、思ったんだけど、なんで四つなの？」

「えー？」

「だって、小町と私で二つあればいいじゃんね？」

それは、作り始めた時からの疑問だった。材料費は自費だから、そんなにいっぱい作れないねって、私たちの分だけだねって言い合っていたのに。

「一つはぁ、昴の分！　これは私が渡すねぇ？」

「え？　うん、いいけど……じゃあ後一つは？」

小町がそんな私に、不自然なほどの満面の笑みをよこした。そうかと思うと急に近づいてきて、私の耳元でこっそり囁く。

「これはぁ、やっちゃんが気になる人にでも渡して？」

「え……ええっ？」

驚いて小町をじっと見る。その表情は冗談を言っているようには見えない。

「ちょ、ちょっと待ってよ小町。私気になる人なんて……――」

「いない……こともないでしょぉ？　だって最近やっちゃん、なぁんか生き生きしてるしー、放課後は走って帰っちゃうしー怪しいんだもん」

「いやそれは……」

縁さまからの第二のヒントがもらえるかと思って……とは口が裂けても言えない。言いよどむ私を見た小町が「ほらぁ」と私の脇をつついた。

「じゃあ決まりねぇ？　はい、やっちゃん」

ご丁寧にラッピングされた二つのカップケーキ。それをぐいっと押し付けられ、無事私の手の中に納まった。

気になる人って言ったたって……――。

その瞬間頭に浮かんだのは、薄紫の着物に白く長い髪、目を細めて笑う……あの白狐の二紫名だった。……っていやいや、ありえない！　なんでこんな時にあの狐の顔が思い浮かんでしまうんだ。どうかしている。

頬をパンッと叩く。目の前のピンクのリボンが付いたカップケーキに視線を落として、小さくため息をついた。


部活が終わった帰り道。きらきらと降り注ぐ太陽の光を一身に浴びながら、私は一人とぼとぼ歩く。せっかく部活に入って一緒に帰れると思ったのに、小町ってば「用事があるからァ」と意味深な笑みを残してさっさと帰ってしまったのだ。一体何を企んでいるのやら。

道沿いに植えられた桜は、もう三分の一ほど散っていた。風が吹く度に花びらがはらはらと舞い、それがとても綺麗で思わず足を止める。そのピンクを見るといやが上にもさっきのラッピングされたカップケーキを思い出してしまい、紙袋を持つ右手がずしりと重く感じるのだった。もういっそのこと自分で食べてしまおうか。そんな考えが頭を過ぎった、その時――。

「そんなところで何をしているんだ？　八重子」

いきなり声が降ってきて、私は勢いよく振り返った。ぼんやり歩いていたので気づかなかったが、いつの間にか神社の前に来ていたらしい。予想通り、声の主は鳥居の前に立ちニヤリと笑う、二紫名だった。

二紫名はゆっくり石段を下りると、私の近くにやって来た。ただそれだけなのに、彼特有の金木犀のいい香りがふわりと立ち込めて、心臓がどきんと高鳴る。

——違う違う！　これは、二紫名が突然現れたから驚いただけだ。

「別に何もしてないよ。ただ帰ってる途中なの」

「ふぅん？　てっきり俺を待っているものだとばかり思っていたが……」

「なわけないでしょ！　だいたい、いつもそっちが急に現れるんじゃん」

やっぱりいちいち腹が立つ、二紫名。急に現れては私の心の中に土足で入り込む。彼の物言いが、いつも私の感情を揺さぶるのだ。

「それにしても、それはなんだ？　八重子」

「え？　これ？　……ってちょっと！」

その瞬間、私の右腕にぶらさがっていた紙袋を二紫名がひょいとかっさらっていった。不思議そうな顔でそれをまじまじ見つめている。

——気になる人に渡してね。

小町の言葉がぐるぐる回る。違うったら——そう思えば思うほど、頬が赤くなっていくのを感じた。

「な、なんでもないのっ！　返してっ」

慌てて手を伸ばすも、二紫名は面白がって紙袋を高く上げた。こうなってしまうともう、私に紙袋を取り戻す術はない。悔しいけどお手上げだ。

私を軽くあしらうと、二紫名は紙袋の中から例のものを取り出してしまった。二紫名の手に、彼に不釣り合いな可愛らしいカップケーキが。

「なんだ？　これは」

「は？　え？　何って……カップケーキだけど……」

気まずくて目を逸らす。お願いだから何も言わずに袋に戻して――そう心の中で願った。だけど、そんな願いが彼に通じるはずもなく。

「ケーキ……食べ物だな？」

「そうだけど……ね、ねぇ、もういいでしょ？」

私の言葉に、二紫名は眉根を寄せた。

「なぜだ？　これは俺にくれるものではないのか？」

「なっ！　なんでそうなるの！　これは……わ、私が食べようと思って――」

「二つもか？」

「そうだよ、悪い？」

「二個も食べたら太るぞ？」

「う、うるさいっ」

本当に、失礼な狐。キッと睨み付けるも、彼が動じることはなかった。私に顔を近づけてそっと囁く。

「もらったらだめなのか？」

耳元で響く、彼の低い声。胸の奥がきゅうと締め付けられる。このままだと息が止まりそう……。

「わ、わ、わかったから！　あげるから離れて！」

その言葉でパッと顔が離れた。頬を赤く染めているであろう私に、二紫名は「早く素直にそう言えばいいものの」と笑った。

「これは買ったものなのか？」

「まさか。売り物ならもっと綺麗な仕上がりになってるよ」

フッと顔を背けながら、二紫名の手の中の不格好なカップケーキを思う。二紫名にあげるとわかっていたら、もう少し綺麗に作りたかったのに。

「そうか。八重子が作ったのだな？」

二紫名はどこか嬉しそうに呟くと、それを着物の袂にそっと入れた。それを横目に、ふと、あることを思い出す。

「それより、何か私に用があるんじゃないの？」

先日のことだ。この神社の神様である縁さまの「神力を創り出す道具」とやらを探し出したのは。ようやく記憶を取り戻し、この狐ともおさらばできると思ったのに、その道具が一つではない、なんて。詐欺もいいところだ。

次の道具のヒントは？　そういうつもりで話しているのに、二紫名は「なんのことだ？」ととぼけた顔をしている。

「つ・ぎ・の・ど・う・ぐ！　探すんでしょ？」

「あぁ……そのことだが、まだ探すことができない」

「は？」

「縁さまは大変お忙しくてな、まだ便箋にしたためていただけないのだ。だから今日は探しに行けない」

淡々と告げる二紫名。わざわざ紙に書く必要ないんじゃない？　っていう私のツッコミはどうしたらいいのだろう。

「……まぁいいや。どうせこっちも明日から合宿で会えないし」

「合宿？」

「親睦合宿、という名のゴミ拾い合宿。毎年一年生のこの時期に、あの山で合宿があるんだって」

私は学校の奥にそびえ立つ、大きな山を指さした。ここらへんで一番高い山で、山頂まで登れば能登の景色が一望できるらしい。

「ゴミ拾い合宿」と言ってもゴミ拾いだけをするわけではない。リクリエーションの合間にハイキングと称して、ゴミ拾いが組み込まれているのだ。しかしその過酷さゆえ、「地獄のゴミ拾い合宿」として名を馳せていた。

もちろん、私は知る由もなかったので、その情報は全部小町からなのだが。

「あの山……」

二紫名は独り言のように呟くと、首を傾げ何か思案しているようだった。暫くそのまま微動だにしなかったのだが、何か思いついたのか、急に着物の懐から小さな物を取り出した。

「八重子、御守りだ」

そう言いながら、私の手にそっと握らされたそれは、模様も何もない真白な御守りだった。ほのかに金木犀が香る。二紫名の、匂い——。

意識してしまうと、顔が熱を帯びてくるのを感じた。違う、別に、二紫名の匂いだからどうとか、そういうことではないのだ。断じて。

「お、御守りなんて、いらないよ?」

なんとか声を振り絞る。ひっくり返った不格好な返事は、しかし二紫名は気にしていないようだった。

「妖に狙われないように、だ。ちゃんと持っていくんだぞ」

「え……は？　狙われるって何？」

「じゃあな八重子。俺は忙しい」

「え、ちょっと待ってよ！　ねぇどういうこと？」

どういうこと？　と壊れたレコードのように繰り返す私に、二紫名は何も言わずニヤリと笑うと、手を振り去っていった。本当に、肝心なことは何も言わない、困ったやつ。

『妖に狙われないように』

その一言で私の気分はどん底、天気で言うなら大雨だった。一泊二日の合宿、何も起きなければいいいけど……。

＊　＊　＊

「もうダメもう休憩したぁい！」

さんさんと照りつける太陽、まさかの夏日、そして長袖の体操服。小町じゃなくても「もうダメ」と言いたくなってしまうほどの悪条件だ。私は今、「地獄のゴミ拾い合宿」の地獄と言われる所以を痛感していた。

「ちょっと休憩しようか、こまちゃん。ちょうどお昼やし、ね？」

昴はリュックからビニールシートを取り出すと、コース外の開けた場所にサッと敷いた。用意がいい昴は、みんながそれぞれ取り出さなくていいように、大きめのビニールシートを持ってきてくれていた。

「それにしても――」

じっとりと汗ばむ額をタオルで拭きながら、私は地図を眺めた。

「どれだけ長いの、このコース……」

近くに立てられた看板には、「い・12」と書かれている。それを地図上で確認すると、なんとまだハイキングコースの半分にも満たなかった。

そう、「地獄のゴミ拾い」とは、山の中を延々と続くハイキングコースを、ゴミを拾いながら進むというものだった。ハイキングコースなので基本道は開けているが、その起伏は激しい。先生はポイント地点ごとと最後尾にいるだけで、一緒には回ってくれないのだ。

「地獄」なんて大袈裟だと思っていたが、なかなかどうして大変だ。

「でもこの行事も来年にはなくなっちゃうみたいやし、そう思うとちょっと寂しいよね」

昴が呟く。小町もそれに同調していた。どうやら知らないのは私だけらしい。

「なくなるって、どうして？」

誰か生徒がストライキでも起こしたのだろうか。私が訊ねると、昴と小町は困ったように顔を見合わせた。

「去年の暮れに、ここの山を切り開いて新興住宅地を作ろうって計画が持ち上がってんて。ほら、最近この山の向こうにショッピングモールができたやろ？　それも、この計画に合わせてのことみたいで」

そういえば、ここに初めて来た時、父がそんなことを言っていた気がする。ショッピングモールなんてないじゃん！　と思っていたが、こんな山のそばにあったなんて。

「この町の人は、みんなこの山が好きだから反対してんけど……でも結局今年に入って工事が開始されちゃって。来年にはこのハイキングコースも半分くらいはなくなるんじゃないかな……」

昴の微笑みに、悲しみの影が落ちた。

慣れ親しんだ山がなくなる。その感覚を私は知らない。ふと、木々を仰ぎ見る。天から降り注ぐ光が若々しい緑の隙間から流れ込み、それは斑（まだら）となって散っていく。恋を唄う鳥たち、湧き水の流れる音、思わず深呼吸したくなる澄んだ空気。間違いなく、山は生きている。

この町の人は、この山にたくさんの思い出を刻んだのだろう。それは、家族とだったり友達とだったり恋人とだったり。かけがえのない瞬間が、きっとここにはあった。

「さみしいね」

思わず口に出してしまった。ここに住んで間もない私がわかったような口をきくなんて、失礼かもしれないけど。でも、言わずにはいられなかった。

「うん、さみしい……でも仕方ないげん。……ってなんだか暗くなっちゃったね。さ、食べよ」

昴はお弁当箱を開けながら、努めて明るく言った。その言葉を合図に、私も小町も持ってきたお弁当箱を開く。

「やっちゃん、今日もしかして自分で作ったのぉ？」

「うん……まぁ一応」

そう答えたものの、私のお弁当の中身はおにぎり二個と、ブロッコリーと、ウインナーと、卵焼きがぎゅうぎゅうに詰められているだけだった。唯一作ったと言えるであろう卵焼きは、半分焦げている上に上手く巻くことができずに、辛うじて卵焼きと判別できるレベルだ。

「上出来だよォ！　えっとォ……卵焼きすごくキレイじゃん？」

小町のフォローが、逆に私の心にぐさりと突き刺さる。ちらりと小町のお弁当箱を覗くと、どこかのレシピ本からそのまま抜け出したような仕上がりで衝撃を受けた。なんていうか、なんていうか……。

「女子力が足りない」

独り言のつもりで言ったのだが、二人には聞こえていたらしい。妙にニヤニヤした小町と目が合った。

「なーにィ？　やっちゃん、女子力ほしいのォ？　あ、昨日いいことあったんだ？」

「いいこと？　そんなことなにも……」

「えー渡したんでしょ？　で、誰に渡したのぉ？　何か言われたぁ？」

確かに渡した。渡したけれど、そのことと女子力がほしいこととは何も関係がないはずだ。

私が言い淀んでいると、変に勘ぐった小町が目を輝かせた。

「え、え、え！　やっぱり言われたんだ？　それで、どうしたのぉ？」

小町が興奮気味に、一際大きな声を上げたその時――。

「うるせぇ！」

間近で見知らぬ男の怒号が響いた。

この近くには、私たちの他にグループはいなかったはず。じゃあ今の声は一体誰だろう？　私たち三人はきょろきょろと辺りを見回した。しかしやっぱり誰もいない。

「どこ見てんだよ。ここだよ、ここ」

声の方をちょうど振り向いた瞬間、ガサリと音がして、木の上から何かが降ってきた。黒くて大きな塊。それが人だと理解するのに数秒かかった。

なにしろ、頭のてっぺんから足の先まで全身真っ黒なのだ。歳は二紫名と同じくらいだろうか、すらりとした長身の青年だ。墨のように真っ黒な前髪から覗く気だるげな灰色の瞳と白い肌だけが、彼の持つ唯一の色だった。しかもこの暑いのに、立派な着物を身にまとっている。

「せっかく久しぶりに気持ちよく寝てたっつーのに、何邪魔してくれてんの？」

青年は苛立った口調でそう言い放った。灰色の瞳は、心底鬱陶しそうに私たちを睨みつけている。

「ね、寝てたって……木の上で？」

「は？　当たり前だろ」

いや、当たり前ではないですが。

この現実離れした風貌にとげとげしい物言い、嫌な予感がする。もしかして二紫名の言っていた妖なのではないか。まじまじと見つめ返すが、私にはその判断は難しい。普通の人間が、昼間に真っ黒な着物を着て木の上で寝る確率って、一体どのくらいだろう。

青年は私たち三人を舐めるように見ると、こっちへ一歩近づいた。

「なんだ、あんた、おいしそうなもん持ってるじゃん」

そう言うと、突然私のお弁当箱からおにぎりを一個掴んだ。

「ちょ！　ちょっとあなた、それ私の――」

焦って青年の腕に手を伸ばすが、彼はそれを軽々と躱した。そしてあろうことか、手のひらの中のおにぎりをそのままひょいと口に運んだ。

青年はペロリと一口でおにぎりを頬張ると、目を細めた。

「見た目よりは美味いじゃん」

「な！　ちょ！　ちょっと！　あなたねぇ！」

やっとのことで掴んだ青年の手首は、ヒヤリとした感触。驚いて一瞬、言葉に詰まる。

青年は私の様子を横目に見ると、薄い唇の端を吊り上げた。

「へぇ……？　あんた、この俺相手に威勢がいいな。名前は？」

「え……？　や、八重子……」

「ふぅん、八重子ねぇ……――」

青年は私を上から下までじろじろ見ると、今度はニカッと満面の笑顔を見せた。

「気に入った！　八重子、おまえ今日からこの俺の嫁な」

――え、今なんて……？

瞬きを数回繰り返す。真っ白な頭の中で、彼の言葉を反芻した。ヨメって、まさかあの嫁だろうか。この人の嫁に、私が……――？

「い、嫌です！」

ハッと我に返り、慌ててそう告げた。なんで私がこの怪しい青年の嫁にならなければいけないんだ。しかも、初対面だというのに。

私の拒絶が意外だったのか、青年は首を傾げた。

「なんでだよ。嫁にしてやるって言ってんのに。普通は喜ぶところだろ？　まぁ見た目は、もうちょい育った方が俺好みだけどな」

「なっ……！　し、失礼な！　とにかく嫌ですから！」

「あーわかった。俺、知ってるぞ。そういうの、『照れてる』って言うんだよな」

「ち、ち、違いますっ」

必死に叫んでも、青年は面白がってくすくす笑うばかり。だめだ、埒が明かない。この話の通じなさ加減、ますます誰かさんを思い起こさせる。やっぱりこの青年は……――。

「まぁいつまでも遊んでいても仕方ねぇ。さっさと契りを交わそうぜ」

すると青年は、私の首元に顔を寄せてきた。急なことに体が凍ったように動かない。このままじゃ私……そう思ったのに、青年の次に発せられた言葉は、私の想像をはるかに超えるものだった。

「――くっさ！」

「…………は？」

「うわ、あんた、臭いわ！　こっち来んな、離れろ！」

……えーと。たしかに私は汗をかいている。それは紛れもない事実だ。けれど、そんな人様に「臭い」と言われるほどの匂いを発しているとは思えない。

だいたい初対面の相手にいきなり「臭い」だなんて、失礼すぎるのではないか。

言ってやりたいことはたくさんあるのに、それらはただ頭の中でリフレインするだけで、一向に口をついて出なかった。私は、池の鯉のように口をぱくぱく開け閉めするだけのものすごく間抜けな表情で、私から離れていく青年をただ見ることしかできないでいた。

「とりあえず今日のところは『契り』は勘弁しといてやる。八重子、おまえちゃんと風呂入ってその匂い落としておけよな」

そう言い残すと、青年は颯爽と木々の合間に消えていった。残された私の頭上でカラスが「かぁ」と鳴いている。

「ねぇ小町…………私って臭い？」

呆然と立ちすくみながら、恐る恐る振り返る。小町と昴はビニールシートの端っこで身を縮こまらせていた。

「だ、大丈夫だよぉ！　全然臭くないし！」

うん、小町ならそう言ってくれると思ってた。けれども私の心は、えぐられたかのように痛む。「臭い」の一言は、女子高生にはあまりにも辛すぎるのだ。

「やっちゃんって、その……すごい人と知り合いなんやね」

昴の頬がこころなしか引きつっている。

「あ、もしかして今の人がやっちゃんの気になる人ォ？」

小町ですら若干引いている気がする。

「違う違う！　知らない人！」

私はそう答えるのが精いっぱいだった。結局この日は一日中、小町と昴からのただならぬ視線を感じながら過ごすこととなった。全く、こっちに来てからというもの、二紫名といいさっきの青年といい、変な輩にばかり遭遇するのはなんでなんだろう。

＊　＊　＊

「で、合宿とやらはどうだったのだ？」

合宿が終わり、日常が戻ってきた日の放課後。神社の前で呼び止められた私は、二紫名からこう訊ねられた。

「……ゴミ拾いが大変だったよ。ハイキングコースが長いから時間がかかっちゃって。しかも暑いし。それに――」

それに、変な男に会っちゃって。そう言いかけて、やめた。あの青年とのやりとりを説明するときっと二紫名のことだ、うまく誘導して、私が「臭い」と言われたことも言わされてしまう気がする。そして馬鹿にしたようにニヤリと笑うのだ。容易に想像できる。

これ以上傷を深めたくない私は、このことは黙っておくことにした。

「……それに？」

「な、なんでもない」

「妖にでも会ったか？」

鋭い。いや、妖かどうかはわからないのだけれど。私は、怪訝な表情の二紫名からそっと目を逸らした。

「い、や、大丈夫……だよ？」

「……まぁ御守りもあったし大丈夫だろう」

二紫名がくれたあの御守り、ちゃんと効果はあったのだろうか。いまいち実感はない。

二紫名は、意外にもそれ以上つっこんで訊いてこなかった。そしてふと思いついたように「あ」と言うと、私を見てふっと目を細めた。

「そういえば、この前のカップケーキとやら、美味かったぞ」

「なっ……！」

何を唐突にさらりと言ってのけるんだ、この狐は。いつも失礼なことばかり言うくせに、ごくまれにこうやって優しいから調子が狂う。

「そ、それは、よかった……」

私は体温が一度ほど上昇するのを感じながら、それを二紫名に悟られないように宙を仰いだ。ただ「おいしい」と言われただけじゃないか。それだけなのに、なんでこんなに胸がドキドキするのだろう。

「……っていうか、そんなこと言うために呼び止めたわけじゃないでしょ？　縁さまからの手紙、あるの？」

「ん？　あぁ、そうだった」

二紫名は私の言葉を合図に懐を探り始めた。よかった、話題が逸れた。

前回と同じく真白な封筒に和紙の便箋。それを見て、二紫名は口を開いた。

「子守唄」

「…………………ん？」

「子守唄」

二紫名は単語を繰り返す。その一言を便箋に書くのにどれだけ時間をかけてるんだ、縁さまは。……じゃなくて。

「えっと……え？　もしかして、それだけ……？」

まさかね、まだ続くよね？　そんな期待を込めて二紫名の様子を伺う。しかし二紫名は首を横に振ると、私に便箋をよこした。

そこにはやっぱり達筆な字で「子守唄」の三文字が書かれていた。

「子守唄って何？　歌なんか、お供えできないじゃん！」

「さぁ、それを俺に言われても困る」

「けどさぁ……！」

今度こそ本当に無理かもしれない。そう思った矢先、二紫名がニヤリと笑った。

「さぁ、どうする？　八重子」

どうするもこうするも、探すしかないのだ。しかし今回は全く当てがない。

「と、とりあえず、商店街に行こう……！」

「当ては？」

「ないけどっ……！」

意味ありげにくすくす笑う二紫名を置いて、私は商店街に向かってずんずん進んだ。どうせ「馬鹿の一つ覚え」とか思って笑ってるんだ、そうに決まってる。さっきほんのちょっと嬉しくなった自分が腹立たしい。


来た道を戻り商店街へ入ると、今日もやっぱりたくさんの人で賑わっていた。さて、どうしたものか。前回同様、祖母のことを知っている人に話を聞きたいところだが、こうも店が多いと迷ってしまう。

祖母が話をするということは、それなりに歳を召した人になるはずだ。青果店の店主は父ほどの年齢に見えるし、精肉店の店主は母よりも若そうな女の人だ。こうやって見ていくと、ちょうど世代交代の過渡期なのか、祖母くらいの歳の人は意外といないものだった。

「今日は眺めるだけなのか？」

後ろから二紫名の嫌味が飛ぶ。

「うるさいな！　どこの店の人に話を聞くか考えてるの！　ちょっと二紫名は黙ってて――」

二紫名に向かって叫んだ、その時だった。どこからともなくおかしな客寄せが聞こえてきたのは。

「へいへい、そこのナウでヤングでちょべりぃぐっなぎゃるちゃん～！　ワシんとこ来てお茶せんけ～」

驚いて振り向くと、そこには小柄なおじいちゃんが立っていた。しかし私はおじいちゃんを見て二度驚くことになる。なにしろそのおじいちゃんの格好というのが、黒いタンクトップにダボダボのハーフパンツ、そして腰には何連もの金のチェーン、極めつけはドクロマークの禍々しいキャップを斜めに被っているというものだったからだ。

「え、と……私ですか？」

掠れた声で訊ねると、おじいちゃんはにぃと笑った。

「他にぎゃるちゃんおらんじゃんねぇ」

きょろきょろと周りを見渡す。「ぎゃるちゃん」って、もしかして「ギャル」のこと？

「ギャル」という言葉も、もはや使わないけど……。

なかなかパンチのあるおじいちゃんに、私はタジタジだった。二紫名をちらりと見ると、お決まりの営業用スマイルが炸裂している。

「お久しぶりです、飯田さん」

やっぱり二紫名の顔は広い。

「おやぁ、にっしな君じゃないかい！　久しぶりじゃあの、元気じゃったかぁ？」

「ええ、おかげさまで。飯田さんも随分元気そうですね」

「ほっほっ。ワシが元気じゃないとこの商店街は終わりじゃあ！　今日もナウいぎゃるちゃん捕まえて、ワシの店に連れて行こうって魂胆じゃあよ」

「あれ？　飯田さんのお店ってたしか骨董品店でしたよね。若い子が興味持ちますか？」

おじいちゃんは「ちっちっち」と人差し指を振ると、前方を指さした。

「甘いぞ、にっしな君。ワシは気づいたんじゃ……ぎゃるちゃんは『かふぇ』が好きだと。ということで、改築して『かふぇ』も始めたんじゃ！」

おじいちゃんが指さす方向には、古びた外観の店があった。看板はかなり傷んで、かろうじて「骨董品店」と書かれているのがわかる。……が、しかしそれは半分だけだった。

どうやら元ある骨董品店の店内を半分に区切って、残りの半分のスペースで「かふぇ」とやらをやっているようだった。骨董品店側はシンプルな作りをしているのに対し、「かふぇ」側はピンクや青や緑などごちゃごちゃとした色合いの、たくさんの物で飾り立てられている。

「どぉじゃあ？　なかなかナウいじゃろぉ？」

　おじいちゃんは得意げに頷いた。

　しかし、お世辞にも今どきの若い子が好んで入る店構えだとは言い難い。骨董店とのチグハグさが、かえって不気味な印象を与えていた。

「客の入りはどうですか？」

　二紫名の言葉におじいちゃんは首を振る。

「全然じゃあ……店で待っててもだーれも来んのや。じゃから、こっちからぎゃるちゃんに話しかけてやろうと思ったんじゃ」

　しょんぼりそう言うと、おじいちゃんは私に向き直った。

「ぎゃるちゃん、どうじゃ？　あそこでお茶しようじゃ～ん？」

「え……でも……」

　今はのんびりとお茶をしている暇などないのだが。たしかに、このおじいちゃんの年齢は祖母と同じくらいに見えるけれど、こんなノリだ。祖母と仲が良かったとは到底思えない。

「ぎゃるちゃん、ワシの初恋の人に瓜二つなんじゃあ。お話ししたいんじゃあ。お願いじゃ～ん？」

「そ、そんな……に、二紫名！」

　二紫名に助けを求めたが、彼は笑ってこう言った。

「飯田さんのお願いを断るわけにはいきませんね。ぜひ、お茶をしに行かせてください」

まさかの返答。二紫名のやつ、何を考えているんだろう。

早く道具を探さないといけないのに、私はおじいちゃんに手を引かれ、「かふぇ」に連れられていった。

「かふぇ」は近くで見ると、禍々しさに一層磨きがかかっていた。壁は一面ショッキングピンクで、天井からは豪華なシャンデリアが吊るされている。そしてなぜか、店内の至るところに、おじいちゃんの写真が飾られていた。

テーブルが三つだけの狭い店内だが、おじいちゃんの言う通り、客は一人もいなった。

「かふぇ・いいんだぁ…………」

私は、店内のメニューボードに書いてある文字を無意識に読んだ。

「シャレオツじゃろぉ？　飯田、だからいいんだぁ、なんちゃって」

ぺろりと舌を覗かせるおじいちゃん。

それにしても、メニューボードにはそのへんてこな店名以外、何も書かれていない。

「飯田さん、メニューはないんですか？」

イスに腰掛けながら、おじいちゃんに訊ねた。

「メニューか？　メニューはのう……」

おじいちゃんはおもむろに店の外へ出ていった。しばらくして、手に小さな紙袋を持って帰ってきたかと思うと、それを机に置いて私の前に腰掛ける。

時に嗅いだ、香ばしいいい匂いがした。……まさか。紙袋からは初めてこの商店街を訪れた
「じゃ〜ん！　商店街一押しの『能登牛コロッケ』じゃ〜ん」

紙袋から取り出したそれは、シャレオツなかふぇに到底似つかわしくない、普通のコロッケだった。

「えっと……これって……今買ってきたんですよね……？」

わざわざ店の外へ出て。

「細かいことはいいんじゃあ。遠慮せんと、ほら、がぶっと！」

目の前の揚げたてであろうコロッケにお腹がぐぅ、となった。ただでさえ夕方でお腹が空いているのだ、その誘惑に勝てるわけがない。

二紫名のいじわるな視線を気にしつつ、言われるがままにかぶりつく。サクッと軽やかな音とともにほくほくで熱々のじゃがいもの風味が口いっぱいに広がる。その中からゴロッと大きめの牛肉が顔を出した。噛み応えのあるそれはとてもジューシーで、想像していたコロッケよりずっとおいしかった。

「おいしいです……！」

「そうじゃろう、そうじゃろう！　『かふぇ・いいんだぁ』に来てくれた暁には、毎回ワ

シがこのコロッケを買ってきてあげるんじゃ〜ん」

　と、そう言い終わるや否や、おじいちゃんは急に私の手をぎゅっと握ってきた。そして「それより」と付け加えると、きらきらした少年のような瞳で私の目をじっと見つめた。

「『飯田さん』なんて嫌じゃあ……『てっちゃん』と呼んでほしいんじゃあ」

「……………て？」

　――てっちゃん？

「ぎゃるちゃんを見とると昔の初恋を思い出すようじゃあ……その人はワシのことを『てっちゃん』と呼んどった。懐かしいのぉ……」

　おじいちゃんは、そう言うと両手で顔を覆い肩を震わせ始めた。

「い、飯田さん……」

「嫌じゃあ……うぅ……てっちゃんじゃあ……」

「わ、わかりました！　てっちゃん、泣かないでくださいっ……」

　老人の涙はなぜこんなにも心が痛むのか。しかしおじいちゃん、もとい、てっちゃんは、指と指の隙間からちらりと瞳を覗かせると今度はふふふと笑いだした。

「ぎゃるちゃんは優しいのぉ！」

　う、嘘泣きだった……！　しかし「てっちゃん」と呼び始めてしまった手前、今更「飯田さん」に戻すことはできない。

「それで、ぎゃるちゃんはなんという名前なんじゃあ？」

「……円技八重子です」

いつまでも「ぎゃるちゃん」じゃかなわないので、渋々名乗った。

「八重子ちゃんか～」という言葉がてっちゃんから飛び出ると思ったが、てっちゃんは私が「円技」と言った瞬間に、大きく目を見開いた。

「つぶらぎ……」

てっちゃんは勢いよくイスから立ち上がった。主人をなくしたイスは、むなしく後ろに倒れていく。そのガタン、という盛大な音を最後に、数秒の沈黙が訪れた。

思わず私は息を呑む。

「君ちゃん……」

やがててっちゃんが囁くように小さな声で、言った。

「……そうかぁ、君ちゃんの孫じゃったか……どうりで似とると思ったわい……」

てっちゃんは「そうかぁ、そうかぁ」と繰り返しながら、嬉しそうに目を細めた。そこにはナウでヤングなおじいちゃんではなく、年相応の優しいおじいちゃんの顔があった。

「祖母のこと、知ってるんですか？」

「あぁ、知っとるも何も、ワシと君ちゃんは幼なじみなんじゃあ」

幼なじみ――ならば、祖母のことも詳しいはずだ。もしかしたら何かヒントになることがわかるかもしれない。思わぬ収穫に心の中でガッツポーズをする。

「あの……祖母のこと、なんでもいいので教えてもらえませんか？」

「君ちゃんのこと？」

てっちゃんは私のいきなりの申し出に、目を丸くしていたが、すぐにふっと表情を崩した。

「いいともいいとも、久しぶりに誰かと思い出話をしたかったところなんじゃあ……」

てっちゃんはイスに座り直すと、遠い昔を懐かしむように、ぽつりぽつりと話し始めた。

「君ちゃんに初めて会ったのは、ワシが十一の時じゃった。その時君ちゃんは十三でな、たった二歳差じゃったが、随分大人っぽく見えたのを覚えとる」

てっちゃんは、ころころと人懐っこい笑顔で「ちょうど今の八重子ちゃんと同じような雰囲気じゃあ」と言った。私は、もうすぐ十六なんだけどな、と苦笑いする。

「能登島(のとじま)の海で泳いでいたワシに『危ないわよ』と叫んだのが君ちゃんじゃった。……まぁその声に驚いて足がつって、危うく溺れるところじゃったんじゃがな」

くく、と思い出し笑いを一つ零す。

「二人してそりゃあもう笑いあってのう……そこからワシらはいつも一緒じゃった。と言っても、ワシが君ちゃんを追いかけ回していただけじゃがのう。二人で禄剛崎(ろっこうさき)の灯台によく行ったもんじゃった。晴れた日には、遠くにうっすらと佐渡島(さどがしま)が見えてのう。それはそれは綺麗じゃった。千里浜(ちりはま)にもよく行ったのう。知っとるけ？　砂浜を車で走れる海岸じゃあ」

目を瞑り、想像する。十一と言えば、まだやんちゃ盛りだ。能登の自然の中ではしゃぐ、青い、若かりし少年の視線の先には、大人びた少女。

てっちゃんの瞳が眩しそうに細められた。そして気づく、これは恋の話だと——。

「てっちゃんは、祖母のことを好きだったんですね」

「ほっほっ。ワシの初恋じゃあ」

「想いは伝えたのですか？」

二紫名が横から質問した。祖母は祖父と結婚したので、てっちゃんの恋が「結婚」という形で実らなかったのは、当然わかりきったことなのだが。

二紫名の言葉に、てっちゃんは両手を広げる。

「ほっほっほっ、いやなぁに、十連敗じゃよ、十連敗。友達にしか見られんと言われたんじゃ」

「じゅ、十連敗……」

「ワシが想いを告げる度に、君ちゃんは丁寧に断りの返事をくれたもんじゃ……今思うと君ちゃんは本当に優しかった。ワシを突っぱねることもできたのに、しなかった。もう途中から、ワシも断られるのをわかっとって言っておった」

しみじみと呟くと、てっちゃんはおもむろに席を立った。そして店の一番奥に飾ってあった一つの写真を壁から剥がすと、こちらに向かって持ってきた。

「ちょうど十回目の告白の時じゃ。今回こそはと意気込んで、恋路海岸で夕日が落ちる瞬間に告白したんじゃ。見附島……ワシらは軍艦島と呼んどるんじゃけどな、その島が赤く照らされて綺麗でな、とてもロマンチックじゃった。だけど告白を聞いた君ちゃんに、こう言われてしまった。『私、結婚するの』と――『だからごめんなさい。もうてっちゃんの告白、聞くことができない』、そう言って申し訳なさそうに笑った君ちゃんの顔は、今でも覚えとる」

てっちゃんはそう言うと、テーブルの上にそっと写真を置いた。古びた白黒写真だ。真ん中に、白無垢姿の女の人が写っている。形のいい唇に、優しそうな目をして微笑む、美しい人だ。

「これはもしかして……」

「そう、君ちゃんじゃよ！　そしてこれがワシじゃ」

てっちゃんは女の人の真横に立つ、膨れっ面の青年を指さした。

「ふふ……、てっちゃん不貞腐れてる」

「これは結婚式の日じゃ。二人で写真を撮りたいと頼み込んだんじゃ。君ちゃんがあまりにも綺麗で、嬉しいやら悲しいやら、なんだか無性に腹が立っての、上手く笑えなんだ……」

写真には祖母とてっちゃんの二人だけ。祖父は写っていなかった。

「祖父の写っているものはないんですか？」

若い頃に亡くなったという祖父の顔を、私は知らない。もっと言うなら、実の息子である父も知らないのだ。家にも祖父の写真はなかったと、父は言っていた。

「残念ながらないんじゃあ。清さんは写真が苦手でのう、君ちゃんにも写真を撮らせない徹底ぶりじゃった。……じゃが、ワシは覚えておるぞ！　清さんは、背がうんと高くて男のワシが見てもハンサムな人じゃった。緑がかった瞳が綺麗でのう。君ちゃんを取られるのも仕方ないと思えるくらいに、のう。ちょべりぐっ、じゃ」

そう言って、てっちゃんはウインクをし、私たちはちょっとだけ笑った。

楽しい時間というのはあっという間で、店内は、いつの間にか夕映えで朱く染まっていた。もう帰らなければ。

しかし私は何か肝心なことを忘れている気がする。そう、とてつもなく大切なことを……。

二紫名をちらりと見る。口を開いたり閉じたりしながら、私に何か訴えかけていた。なになに……「ど……う……ぐ……」？　そうだ、「道具」だ！　ヒントをてっちゃんから聞き出さなければならないんだった。

「てっちゃん！　あの、祖母って歌が好きだったりしませんでした？　歌に関するエピソードってありませんか？」

我ながらいきなり何を言っているんだろう。しかし時間がない今、単刀直入に聞くしか方法はない。

てっちゃんは、私の言葉にうぅんと首を捻る。

「歌かぁ……君ちゃんは歌が好きでよく歌っておったが、『えぴそーど』と言われても思いつかんのう……」

「で、ですよね……」

今回も、祖母の昔話を聞いただけで、道具のヒントは得られなかった。けれどもなぜだろう。不思議なことに、私は一つも落ち込んでいなかった。

祖母のことを全く覚えていないはずなのに、こうやって昔話を聞くうちに、祖母を身近に感じることができる。それがなぜだか、とても嬉しいのだ。

「てっちゃん、私そろそろ帰りますね。お話、ありがとうございました」

ぺこりとお辞儀をして席を立った。隣の二紫名を見ると、「残念だったな」と言わんばかりの憎たらしい笑みを浮かべている。

「お、お、八重子ちゃん帰っちゃうんか、寂しいじゃ〜ん……そうじゃ！　帰る前に、隣の骨董品店の方も見てくれんかのう？　気に入ったものがあれば持って帰ってくれても構わないからのう！」

「え？　え？」

「いいから、いいから」

てっちゃんは私の手を掴むと、有無を言わさぬ勢いでグイグイ引っ張っていく。予想外の力強さによろけながらも、てっちゃんに引きずられる形で店の外に出た。

骨董品店は「かふぇ」と違い、とても落ち着いた内装だった。天井から吊るされたアンティークランプの温かな灯りが、店内を優しく包み込む。クリーム色の壁に沿うようにぐるりと備え付けられた木の棚には、古めかしい食器や壺、何に使うかわからない道具などが置かれていた。近づいてじっくり見てみると、どれもなかなかの値段なので、「かふぇ」同様お客さんが来ないのではと心配になる。

「どうじゃっ？　今どきのぎゃるちゃんの好みの物はないかのう？」

てっちゃんは瞳を輝かせて私をじっと見ている。これは何かに興味を示さないと帰れないぞ、と私の中で警報が鳴った。

「そ、そうですね……ええと……」

店内をぐるりと歩きながら考える。もし本当に私に何かくれる気でいるなら、なるべく値段の安いものの方がいい。

「…………あれ？」

店で一番値段の安いものを探していると、入口から一番奥の棚に、値札の付いていない物を見つけた。それは、どう見てもただの長方形の木箱にしか見えない。

「それが気になるかのう？」

背後でてっちゃんの声がする。

「それは、オルゴールじゃ」

「オルゴール……」

「八重子ちゃんは見る目があるのう。それは元々二つあったんじゃが、片一方は君ちゃんにあげてしまったんじゃ」

「祖母に、ですか？」

「貸してごらん」

てっちゃんはそう言うと、オルゴールをひょいと手に取りゆっくりと木箱を開けた。その途端、自動的に流れ出すオルゴールの優しい音色。紡がれていくメロディは、誰もが一度は耳にしたであろう、あの曲。

「ブラームスの『子守唄』じゃ」

てっちゃんは優しい瞳でオルゴールを見つめた。

「君ちゃんの出産祝いにあげたんじゃよ。健を寝かす時に使っとると言っとったのう」

「お父さんを……」

「あぁそれに、八重子ちゃんも、じゃあ！」

「わ、私も？」

いきなり私の名前が出たので驚いた。私は七歳で初めてここに来たはずだからだ。七歳になってオルゴールで寝かしつけなんて話、聞いたことがない。しかしてっちゃんはにっこり微笑むと話を続けた。

「八重子ちゃんが覚えていないのも当然じゃあ。なにしろ八重子ちゃんがこれを使ったのは、生まれた時のことじゃからのう」

「生まれた時？」

「八重子ちゃんは健に似て、なかなか寝ない子じゃったらしい。『心配だから家にオルゴールを送ったのよ』と、君ちゃんが話してくれたんじゃあ」

知らなかった、全然。祖母は遠いこの地で、まだ見ぬ私を想ってくれていたんだ。

「それに健も言っておった。『八重子はこの音色が好きで、昼も夜もずっと繰り返し聴いているんだ』と。だから八重子ちゃんがこのオルゴールを選んだのは、きっと必然じゃな」

必然——。

てっちゃんがオルゴールを私に手渡してくれた。ずっしりと重く、けれどもこんな小さな箱から繰り出されるのは、多彩で繊細なメロディ。まるで魔法の箱だ。私は蓋をそっと閉めると、優しく撫でた。

「それを持って帰りなさい」

ハッとしててっちゃんを見る。

「だめです……いただけません」

どう考えても安物のはずがない。そう思って必死に断るが、てっちゃんはオルゴールを受け取ってくれない。

「いいや、それも八重子ちゃんに持ってもらった方が喜ぶじゃろ」

「でも……！　そうだ、祖母に渡したというもう片方がまだ家にあるはずですよね？　だから……」

　しかしてっちゃんは首をふるふると横に振った。

「片方はもうないんじゃあ」

「え……どうして……」

「健が君ちゃんに返した後、どこに行ったかわからなくなってしまったんじゃ……君ちゃんもある時を境に急にワシのことがわからなくなってのう……何を聞いても答えてはくれんし……亡くなった後に家の掃除を何人かでした時も、見つからんかった。だから――」

　てっちゃんがオルゴールと一緒に、私の手をぎゅっと握る。熱い手だ。

「だから八重子ちゃんにもらってほしい……お願いじゃ、もう一度君ちゃんにプレゼントさせてくれんかのう」

「うん」と言うまではこの手を離すまい、というてっちゃんの強い意志が伝わってくる。今てっちゃんは、私を通して在りし日の祖母を見ている、そう感じた。

　私は祖母じゃない。祖母の代わりにもなれない。だけど――。

「……わかりました。いただきます」

　私の言葉にてっちゃんは安堵の表情を見せた。

　オルゴールを受け取った後、てっちゃんはまた初めの頃のように、ナウでヤングなおじいちゃんに戻っていた。「今からまたぎゃるちゃんをナンパするんじゃ～ん」そう言ってキラリと光る銀歯を覗かせると、再び商店街の人混みに紛れていった。

＊　＊　＊

私と二紫名、二つの影が並ぶ。しかしその影も、もうすぐ闇と同化しようとしていた。本来なら、私は帰宅しなければならない。しかし今日は母に「勉強会で遅くなる」とメールを送ったところだ。なぜなら……。

「気づいたか」

隣を歩く二紫名がぽつりと呟いた。

「うん、多分、そうだと思う」

「多分」とは言ったが、私には確信があった。一つ目の道具は私が好きだったラムネのビー玉。私との思い出の品だった。それに加えて、てっちゃんのさっきの話。私との、そして父との思い出の品が話題にあがったではないか。

私と二紫名は神社の前に戻ってきていた。ここが一番、人通りが少ない。二紫名は周りに誰もいないことを確認すると、おもむろに羅針盤を取り出した。

「子守唄」が示すものは「子守唄」を奏でる道具だ。突然行方不明になったそれは、きっとお供えしたからに違いない。そう、それは――。

「てっちゃんからもらったオルゴール」

私はハッキリとそう告げた。その瞬間光り輝く羅針盤。やった！　正解だ！

光の道はまっすぐ伸びていく。商店街よりも、学校よりも、もっとずっと奥の方まで。

辿り着いた先は、遠すぎてよく見えないが、この方向にあるものといえば一つしか思いつかない。

「合宿で行った山だ……」

しかしあの山までは随分距離がある。合宿もわざわざバスを借りて行ったくらいだ。

「明日行くしかないね……えっと、あの山の近くまで行くバスは……」

鞄からバスの時刻表が載った紙を取り出そうとしたら、いきなり二紫名が私の腕を掴んだ。

「その必要はない。今から行くぞ」

「……は？　え、今からって……どうやっ——」

「おまえたち！」

私が言い終わる前に、二紫名は境内に向かって叫んだ。風が吹き、木々が揺れた。二紫名の声を運ぶかのように空気が震える。

「おまえじゃないのっ！　名前があるの！」

「あるのっ！」

何事かと思えばひょこんと、目の前に「あお」と「みどり」が現れた。腰に手を当てお怒りモードの二人だったが、私がいることがわかると顔をパッと輝かせた。

「あおちゃん、みどりちゃん……」

「わーい！　やえちゃんだー！」

「やえちゃんだー！」

私の両腕にぶら下がる二人のお尻には、ぱたぱたと揺れる可愛らしい尻尾が。

「こいつらに乗る」

「は？　え？　どういうこと？」

「あお、みどり、用意しろ」

「はーい！」

「はーい！」

二紫名の言葉にあおとみどりは元気よく返事をすると、ポンと手を合わせた。あっという間に先日見た可愛い犬の姿になった。

こいつらに乗る？　まさかこの可愛らしいわんこに乗れというのか？　絶対に無理だ。仮に乗ったとしたら、重みで二人は潰れてしまうだろう。

「無理無理無理！」

「まぁ見てろ」

二紫名はそう言うと、ニヤリと笑った。

「きゃうん」

「きゃうん」

あおとみどりは一声吠えるとふるふると、その小さな体をめいいっぱい震わせた。亜麻色の美しい毛は総て逆立ち、瞳は猛獣のそれに変わった。彼女らの体を眩い光が包み込む。

そして――。

「な、なに……どうなってるの……」

次の瞬間、そこにいたのは可愛らしい犬の姿のあおとみどりではなかった。そう、巨大化したその姿は、よく神社で目にする狛犬そのものだったのだ。

「さぁ、乗るぞ。しっかり捕まってないと落ちるからな」

二紫名に引っ張られ、私は強引にあおの背中に乗せられた。二紫名はというと、みどりに跨(またが)り涼しい顔をしている。

「ちょっ……ちょっと待って」

緊張と不安でじわりと汗が滲んだ。

「待てない。早く終わらせたいのだろう?」

「そうだけど……ってきゃぁぁぁぁあ!」

いきなり猛スピードで走り出すあおに、私の頭と体がついていけていない。これが本当の姿なのか。そしてこれを誰かに見られはしないか。いろいろ考えたいことはあるが、とりあえずわかることはただ一つ。手を離したら確実に落ちて死ぬ、ということだ。

「いやぁぁぁああ!」

そんじゃそこらのジェットコースターに負けず劣らずのスピード感。景色という概念はすっかり消え失せ、体には常に、呼吸するのも困難なほどの風が吹き付ける。

私は、それはもう必死にあおの首元にしがみついた。こんなところで死んでなるものか。

「まっまっまっ……て……きゃあ！」

そう思った矢先、あおがいきなり止まるから、私は勢いよく前につんのめった。もう少しであおの頭から下にダイブするところだった。まさか慣性の法則を実感する羽目になるとは。

そのままの状態で周りをゆっくり見渡す。どうやら目的地に着いたらしい。昼間見た時よりも更に深く蒼く静まり返った山は、違った一面を私たちに見せてくれている。

「落ちなかったようだな」

まだ目眩がする中やっとのこと体を起こすと、ニヤリと馬鹿にしたように笑う二紫名が視界に入った。

「あっのねぇ！　こっちはいきなりで心の準備も何もなかったんだからね！」

「じゃあ帰りは大丈夫だな」

「……………くっ……」

なんでこの狐はこう、腹の立つ言い方しかできないんだろう。そして何よりも、ぐうの音も出ない私自身に腹が立つ。イライラしながらあおから降りると、あおはポンという音と共に、人間の可愛い女の子の姿に戻った。

「あおちゃん……！　ごめんね痛くなかった？　重くなかった？」

「だいじょうぶ、なのー」

あおは元気よく右手をピンと挙げた。

「そんなことより道具を探しに行くぞ」

微笑むあおに、ホッと胸をなでおろしたのも束の間、私たちの間に緊張が走る。そうだった。この山に道具を盗んだ妖がいるんだ。妖が。妖……——。

なんとなく、嫌な予感がする。まさかね、と頭を振ってみるが、光の道を進むにつれて、その予感はだんだんと現実のものになってきた。

そう。お昼休憩をとったあの場所に近づいているのだ。

「ねぇ……こ、ここに妖がいるの……？」

「どうした？　何か知っているのか？」

知ってるも何も、ここら辺で変な男に会ったのだ、なんて、口が裂けても言えない。言ったら黙っていたことに関して、また嫌味を言われるに決まっている。

「べ、べ、べ、別に——……？」

その時、小さな異変を感じ取った。木々の囁き声とは違う、ふわりと風に乗って私の耳に微かに届けられたメロディ。さっき聞いたばかりだ、間違えるはずがない。軽やかに可愛らしく、ゆったりと愛おしく。この歌は——。

「子守唄……」

オルゴールの音色だ。私と二紫名は顔を見合わせると、音のする方へ足を進めていった。

ほんのり輝く月明かりのみを頼りに、鬱蒼と茂る木の間を縫うようにして歩いていく。足をとられながらも辿り着いた先は、やっぱり昼休憩の場所だった。

「こ、ここは……」

思わずぼそりと呟くと、二紫名が大袈裟にため息をついた。

「やっぱり何か隠しているな」

「やえちゃんかくしごとー？」

「ごとー？」

「ええ？　ち、違うの、べ、別に何も……」

しどろもどろになりながら、なんとか言い訳を考えていると、頭上から声が降ってきた。

「うるっせー！」

子守唄は鳴りやみ、代わりにガサリという謎の音。私の顔面にハラハラと落ちる数枚の葉っぱ。そして――。

「あれ？　八重子じゃん。さっそく俺に会いに来たのか？」

私の目の前に華麗に舞い降りた青年。黒の着物を着て暗闇と同化する彼は、紛れもなく私に「臭い」と言い放ったあの青年だった。やっぱりこの青年は、妖だったんだ――。

「ん？」

しかし青年は一瞬訝しげに眉をひそめると、私の腕をぐいと引っ張った。そしてあろうことか、私の首後ろの匂いをフンフンと嗅ぎだしたのだ。意図せず青年の腕の中にすっぽりと収まる形になり、逃げられない。

「ひゃあっ」

神様縁さま！　……っていうか二紫名早く助けてよ！　そう思いながらじたばたと無意味な抵抗をしていると、「痛っ」という声と共に青年の手が離れた。

急に解放されたので、私の体はふらふらと地面に倒れ込んでしまう。

「いたた……………ちょっと、あなた急に何を——」

打ち付けた腰をさすりながら顔を上げると、そこには睨み合う二紫名と青年の姿があった。

「八重子に何をする」

「あ？　なんだあんた……縁んとこのボクちゃんじゃん？　あんたこそなんの用だよ」

睨み合う男と男、なんて、冗談を言っている場合ではないらしい。ピリリと凍りついた空気。一瞬にして生(せい)の山を死の山へと変貌させてしまうような、そんな禍々しい空気を二人は纏(まと)っていた。

「——言っておくけどなぁ、俺と八重子は『契りを交わす』仲なんだぜ？」

青年のその言葉に、二紫名は瞬時に振り向くと鋭い目つきで私を睨んだ。

「八重子、交わしたのか」

「え？　な、なにもしてないよ！」

妖界(あやかし)で言う「契りを交わす」がどういうものか知らないが、とりあえず先日はすんでのところで助かったことを思い出した。それにしても、二紫名はなぜそんなにも怒っているのだろうか。

「八重子は交わしてないと言っている。ならばおまえと八重子は無関係だな。もう付きまとうな」

「はぁ？　そういうあんたこそ八重子とどういう関係なんだよ」

「関係？　関係ねぇ――」

二紫名は私と青年を交互に眺めた。どうせいつものようにニヤリと笑って癇に障ることを言うに違いないと、そう思ったのに。

「二紫名――？」

何も言わない二紫名を不審に思い彼を見上げると、いつの間にか寂しそうに遠くを見つめていた。様子が違うその姿に、私は言葉が続かなかった。

「約束をしたのだ」

二紫名はぽつりと呟くと、青年をまっすぐ見据えた。

「昔、俺と八重子は約束をした。とても、とても大切な」

そう言って、私の頭をぽんと一つ叩いた。それを見た青年はキッと二紫名を睨みつける。風はやみ、無音の世界。どちらかが何か発すれば、それを皮切りに激しい攻防戦が繰り広げられる、そう感じさせる空気だった。緊張感が辺りを包む。

ふと目の前の景色が揺れていることに気づく。小刻みに、不規則に。地震かはたまた彼らの力か、そんな風に思いながら我が身を抱くと、その瞬間ハッとした。なんてことはない、自分自身が震えていたのだ。慌てて二の腕をさする。

そしてあおとみどりを目線で探すと、彼女らは草陰に隠れて、今にも泣きだしそうな顔で様子を伺っていた。私と目が合うとふるふると首を横に振る。こうなってしまった二人を止める術はないとでも言うように。

じっと息をひそめて事の成り行きを見守っていた、その時——。

先に動いたのは青年だった。突然パンッと手を合わせると、彼を中心に竜巻のような風が巻き起こった。その風が収まったかと思うと、彼の姿は闇に紛れて見えなくなってしまった。頭上から、バササと羽音だけが聞こえてくる。ここは彼の庭なのだろう。二紫名は圧倒的に不利だ。

木の葉が至るところでさわさわ揺れ、青年の居場所の判別がつかない。それでも必死に辺りを見回すと、木の枝の上、ある一点がきらりと光った気がした。

——あそこに、いる！

それはあっという間のできごとだった。二紫名に居場所を伝えようとした矢先、私の真横を、体が持っていかれそうなほど強い風が通り過ぎた。耳の奥がキィンと痛んで思わず目を閉じる。

次に目を開けた時見えたのは、さっきまでいなかったはずの青年の背中と……——頬からうっすら血を流す二紫名の姿だった。

「なぁんだ、それほどでもねぇな。天下の縁さまもこんな弱い弟子しか取れないなんて、気の毒だぜ」

「…………」

二紫名の視線が左右に揺れる。それを見てハッとした。

二紫名が弱い？　ううん、違う。彼は、背後にいるあおとみどりを守るため、その場を動けないでいたのだ。

どうしよう。私たちがここにいたら、二紫名が大けがをしてしまう。あおとみどりを連れて逃げるべきか。でも……──。

殺気立った空気。青年の鋭い眼光。二紫名の頬を流れる血。

──このままじゃいけない気がする。私がなんとかしなくちゃ。

無駄な正義感は時として災いを招く。そんなこと、わかっている。わかっているのだけれど。

私は拳をぎゅっと握ると、肺にありったけの空気を溜め込んだ。どうかこの戦いが終わりますようにと祈りを込めて。

「すとーーーーっぷ！」

私の声に、張り詰めた空気がたちまち緩む。

「…………は？」

「……………は？」

私を見つめる二人の顔。真ん丸に開かれた瞳に、ぽかんと開けられた口、だらりと垂れた腕。そのどれからも「戦意」は感じられなかった。よかった。今回の正義感はいい方向へ働いたようだ。

私はまだ少し震える手で二紫名を指さした。

「あのね！　私は別になんともないの！　そんなことより、今はもっと大切なことがあるでしょ！」

そしてもう一人。青年を指さす。

「あなたも！　私に言ったこととしたことは……百歩譲って許します！　だから二度とあんなことしないで！」

言いながら心臓がばくばくしていたのは、バレていないだろうか。どうせこの後二紫名に笑われるんだ。そう思って目を逸らすが、笑い声は聞こえてこなかった。その代わり二紫名は私のそばまで来て、頭をふわりと一撫でした。

「八重子がこう言っているんだ。争いはやめよう」

二紫名が嫌味を言わない。素直だ。時折見せるこの優しさが、私の調子を狂わせるとわかっていてわざとやっているのだろうか。頭のてっぺんがいつまでもじんわり熱い。

「ふぅん。まぁ今回は、八重子に免じて許してやってもいいけどさ……あんたらなんのためにここに来たわけ？」

すっかりやる気をなくした青年は、気だるそうに欠伸を一つ落とした。

「なんのためって……そ、そう！　あなたに返してほしいものがあるんだけど」

「返してほしいもの？」

「そう、オルゴールを盗っていったでしょう？　あれを返して！」

　青年はぼんやり思考を巡らせていたが、しばらくして合点がいったように「ああ」と呟いた。

「もしかして、これのことか？」

　そう言いながら、青年は木の上から何かをひょいっと手に取る。濃い茶褐色が美しい、ウォールナットの長方形の箱。てっちゃんからもらった物と瓜二つのそれは、祖母のオルゴールに違いなかった。

「それ！　それが必要なの！」

　お願い早く返して！　そう懇願するも、青年はにっこり微笑み、発言することまさかの三文字だった。

「い・や・だ」

「おまえ……それは縁さまの物だと知ってのことか！　そっちがその気なら力ずくで奪う」

「あぁいいぜ、今度こそどっちが強いかハッキリさせよーか」

　二人の顔が再び憎悪に満ちる。鋭い視線で睨み合うと、どちらかともなく構えた。だから、どうしてこうも喧嘩っ早いのか。

「ちょっと！　喧嘩はダメだってば！　なんで嫌なのか理由を教えてちょうだい？」

　私の言葉に青年はふぅと息を吐くと、迷ったように頭を掻き、自身の目を指さした。

「これ」

「目……？　目がなんだって言うの？」

「じゃなくて！」

目じゃないとしたらなんだと言うのか。私がじっと見つめていると、タイミング良く、木々の隙間から月明かりが彼を照らした。昼間見た時よりも蒼白い肌、目の下には青ずんだ陰り……。

目の下……もしかして。

「隈？」

「そ。朝も昼も工事の連中がひっきりなしに来るから、うるさくて寝られやしない。この間はせっかく工事が休みだって言うのに、誰かさんたちが大声ではしゃぎ回るし」

そういえば「寝てたのに」って言われたような。

「夜に寝ればいいじゃん」

「俺は夜行性なの！」

妖にも夜行性とかあるんだな、と思うと少し笑えてきた。でも堪えなければ。彼は真面目に言っているのだから。

「それでも最近は、夜に少しでも寝ようとしてたんだ。でもなかなか寝付けなくてな。それで、これの出番ってわけ」

青年はうっとりとした瞳で手の中のオルゴールを見つめた。まるで宝物を紹介する時の少年の瞳だ。

「これ、まじでやばいな。この音楽聞いてる内にスコーンと寝ちまう。だからいくら八重子の頼みだとしても渡せない。これを返すと、こちとら死活問題なわけ」

そう言うと、青年はオルゴールを再び木の上に戻そうとした。

「ちょ、ちょっと待ってよ」

いくら死活問題だろうと、こっちだって返してもらわなくては困る。

「わかった、じゃあこうしようぜ。俺がこれを返す代わりに、八重子の家で寝させろよ。もちろん、八重子の添い寝付きで」

青年はケロリと言い放った。二紫名の目が、再び鋭く光る。

「う、うちに⁉　しかも添い寝って、そんなのいいわけないでしょ！」

「なんだよケチ。じゃあどうすればいいんだよ。何か他にいい案があるとでも？」

青年のまっすぐな視線が私に突き刺さる。

何か、いい案が……。気づいたら、青年はもとより、あおやみどり、二紫名までもが私の動向を静かに見守っていた。ええい、こうなりゃ、もうヤケだ！

「神社に住めばいいじゃん！」

自分では割といい案だと思っていた。この山が無理なら引っ越せばいい話だ。そして普段閑散としている神社は、そういう意味でぴったりだった。

しかし青年は微妙な顔つきで唸っている。

「え……だめ……？」

「だめっていうか……あそこは縁の敷地だし……勝手に入るわけには……」

「よくわからないけど、縄張りみたいなもの？」

「なんていうか……神社は神聖な場所だから……そこの神が認めた者しか住めないいっつうか……俺はそもそも野良なわけで……」

ごにょごにょと、だんだん語尾が小さくなっていく。さっきの勢いはどこへやら、心なしか体つきまで小さく見える。

しかし困ったことになった。この案がダメとなると、他にいい案は思いつかない。私までつられて唸っていると、それまで黙って聞いていた二紫名が、大袈裟にため息をついた。

「おい、そこのおまえ」

「は？　なに、やるのか――」

「俺が縁さまに掛け合ってやる」

青年が拳を固めたその瞬間、二紫名は事務的に事を告げた。ヒュウ、と冷たい夜風が私たちの間を通り過ぎる。私と、あお、みどりは同時に顔を見合わせた。多分思っていることは一緒だ。

『あの二紫名が普通に優しい！』

もちろんそんなこと、言えるはずはないが。

「え……いいのか？」

「この状況ではそうするしかないだろう？　八重子の家に居座られても困る」

心底面倒くさそうではあるものの、厄介ごとは全部私に押し付ける二紫名が言ったとは思えない言葉だった。

「あんた……実は良いやつだな……」

現金なことに青年は、にこやかに二紫名に握手を求めている。そして二紫名も無表情でそれに応えた。なかなか不思議な光景だ。

「その代わり、八重子には近づくなよ」

「それは約束できねぇな」

和やかなシーンのはずなのに、なぜだろう、二人とも目が全然笑っていない。

「も……もう！」

無理やり二人を引きはがすと、青年は私の方に向き直った。

「――じゃあこれ返すわ」

あっさりと手渡されたオルゴールは、二紫名の手に触れた瞬間、スッと消えていった。よかった、これで一先ず安心だ。

「返してくれてありがとう……えっと――」

「名前？　んなもンねーよ」

「だ、だよねー……」

神様の弟子にならないと名前をもらえない、そう二紫名は言っていた。けれども青年が神社に住むとなると、この先嫌でも顔を合わせることになる。その時に名前がないと、色々不便な気がする。

「じゃあ、ちなみに、あなたはなんの妖なの？」

私の問いに青年は「よくぞ聞いてくれた」と言わんばかりに妖しい笑みを浮かべると、胸の位置でパンと手を合わせた。途端に背中に広がる漆黒の羽。青年はそれを自在に動かすと、その場にふわりと浮かんでみせた。

「俺は烏天狗(からすてんぐ)だ」

本当に頭のてっぺんから足先まで真っ黒だ。黒い羽、カラス……。

「クロウ、はどうかな？　黒羽とＣｒｏｗ(カラス)、なんちゃって……」

このダジャレ寒かったかななんて心配、必要なかったみたいだ。青年は瞳を輝かせると私の手を握り上下にぶんぶんと振り回した。

「ちょーいいじゃん！　八重子、天才か！　サンキューな！」

青年はクロウという名をとても気に入ってくれたようだ。

「クロちゃんだー！」

「クロちゃんだー！」

あおとみどりもなぜか嬉しそうにはしゃいでいる。

がくがく揺れる視界の片隅に、二紫名がちらりと入り込んだ。『また変なのに懐かれたな』、そう言いたげな顔だった。

＊　＊　＊

「なぜ今日は持って来なかったのだ」

神社に到着してすぐ、二紫名はややキツい口調で私を問いただした。私はというと、あおのスピードにやっぱりついていけず、くらくらと目眩を感じている最中だった。元気いっぱいのあおとみどりは、「クロちゃんの寝床作るのー！」と石段を駆け上がっていった。

「……持って来なかったって、何を？」

やっとのことでそれだけ言うと、二紫名はムスッとして付け加えた。

「御守りだ。渡しただろう？」

あぁ、御守りのことか。合宿用のリュックに入れてそのままだったことを、今思い出す。

「……て、なんで持ってないってわかるの？」

私の言葉に二紫名はニヤリと笑う。

「あの御守りには、他の妖を寄せ付けないように、強い妖力の匂いを擦り込ませておいた」

ん？　んんん？

「一度近寄れば、もう二度と近寄りたくないと思わせるほどの強烈な匂いだ」

ちょっと待って。私が「臭い」と言われたのはもしかしてあの御守りのせいなのか？

今まで「私、臭いのかな」って散々悩んだのが馬鹿みたいじゃないか。

「二紫名！　あなたねっ！」

二紫名に向かって振り上げた腕は、彼の白く冷たい手によって難なく受け止められた。

そしてそのまま彼の元へと引き寄せられる。

この細い腕のどこに、こんな力があるのだろう。見上げると私の目前に彼の群青色の瞳があった。

「心配させるな」

真剣な表情。なんで、そんな目で私を見るの。

「なんで」、そのたった三文字を声に出すことができない。早くいつもの二紫名に戻って。そうしないと、うるさいくらいの心臓の音が、私の口をついて出て彼の元に届いてしまいそうだから。

二紫名は優しく微笑むと、私の額にそっと手を当てた。そのまま髪をするりと撫でるとだんだんと額に顔を近づけてくる。

キス、される――。

思わず目を瞑った。その腕から抜け出して一言「嫌だ」と言えば済むのに、なぜ私はそれができないの？　鼓動はまるで早鐘のように鳴り響く。

しかし、降ってきたのは彼の唇……ではなく、ピシッと指で弾かれたような痛みだった。

「……っ!?　いったぁ……」

目を開けるといつものニヤリ顔の二紫名が立っていた。

「阿呆、葉っぱが付いていたのだ」

「は……は？　葉っぱ？」

「……間抜け面(づら)」

「なっ……………！」

二紫名はくっと笑うと私を背に、神社の石段を上っていった。

悔しい、悔しすぎる。何が悔しいかって、一瞬でもこの失礼な狐にときめいてしまったことだ。もう早く帰って寝よう。寝て忘れよう。

そう思い、私も踵を返す。

「八重子」

しかし三歩歩いたところで、帰っていったはずの二紫名に呼び止められた。仕方なく返事をする。

「……なに？」

「なんでおまえは飯田さんからオルゴールを受け取ったのだ？」

「……はい？」

「おまえなら『悪いから』と断りそうだと思ったが……ただ断りきれず、というわけでもないのだろう？」

なんで今更そんな話をするんだろう。なんでオルゴールを受け取ったか、なんて――。

あの時、私の手を握ったてっちゃんの必死な姿を思い出す。

値札のないオルゴール。きっとそこに何年も眠っていた。売り物だけど、売ることができない品物。

彼は祖母に、もう一度オルゴールを渡したかったのだ。渡すことで、自分のことを思い出してほしかったのかもしれない。私に語ったような二人の大切な思い出を、てっちゃんの祖母に対する優しい気持ちを、忘れてほしくなかったのだ。

だけどそれは叶わなかった――。

てっちゃんはあの時、私じゃなくて祖母を見ていた。

私は祖母じゃない。祖母の代わりにもなれない。……だけど、てっちゃんの祖母への想いを代わりに受け取るくらいしても、バチは当たらないんじゃないかな。

それでてっちゃんの心が少しでも慰められるならば――。

「――内緒」

私はちろりと舌を覗かせると、石段でぽかんと突っ立っている二紫名に背を向けて歩き出した。さっきのお返し、このくらいしてもいいよね？

そうだ、今夜はオルゴールの音色を聴きながら眠りにつこう。若かりし頃の祖母に思いを馳せて。

きっといい夢が見られるはずだから。

肆　約束を忘れた幽霊

その日、女の子は朝から妙な気配を感じてたんやって。誰かに見られているような、そんな気配。

気のせいよねって、視線に気づいていないフリをして学校に行った。でもね、授業を受けている時も、友達と話している時も、ご飯を食べている時も、やっぱり誰かに見られている気がする。女の子はたまらなくなって振り返る。でもそこには誰もいない。

女の子はなんだか体調が悪くなってきて、早退することにしたんや。きっと変な感じがするのは熱があるせいだわ。家に帰って休めばきっと視線も感じなくなるわ。そう思って、一人で帰り道を歩いていた。

ちょうどあの伏見橋(ふしみばし)に差し掛かった頃。……え？　伏見橋はどこかって？　ええと、商店街よりちょっと東に行ったところに川があるやろ？　わかる？　よかった。そこに架かっている大きな橋やよ。

なんやったっけ。……あ、そうそう、その橋を渡ろうとした時に、どこからか声が聞こえてきたんだ。

『見つけた……見つけた……』

掠れた小さな声。女の子は恐ろしくなって、早足で橋を渡った。けどね、ヒタヒタヒタ……と足音がついてくる。ヒタヒタヒタヒタヒタヒタ……どんどん足音は速くなっていくんや。

追いつかれる！　女の子は最後は走って渡りきった。橋の袂に着いた時、もう足音は聞こえてこなくなったんやって。

よかった。これでもう大丈夫ね。そう思ってホッと胸を撫で下ろすと、『見つけた……』またあの声が聞こえてきたんだ。急いで振り返ったけど誰もいない。気のせいよ、気のせい。女の子は再び歩き出すために前を向いた。そしたら――。

『ちがう……ちがう……チガウ』

目の前に真っ赤な目をした蒼白い顔の男が立っていたんだ。

おかしい。さっきまで誰もいなかったのに。女の子は全身が粟立つのを感じた。その男はどんどん女の子に近づいてきて……そして……。

『オマエジャナイ』

女の子はその日から行方不明。でもね、橋の袂から花の形の髪留めが出てきたんだ。それは、女の子がいつも身につけていたものなんやって。

「――それからその橋では、時折『見つけた……見つけた』という男の声が聞こえるそうやよ。……おしまい！」

そう言うと、昴はにっこり微笑んだ。隣の小町は耳を塞いでガタガタ震えている。顔は真っ青だ。

そして私はというと――。

「そんな話があるんだねぇ」

ごく普通のトーンで相槌を打つ。

「……やっちゃん、怖くないのォ？」

小町が信じられない、という顔で私を見ている。

「私、幽霊とかあんまり信じてなくって」

そう。この手の怪談話は中学の頃から仲間内でよくしていた。しかしよくしていたにもかかわらず、一向に幽霊を見る機会がないので、私はその存在を信じないことにしたのだ。「幽霊はいない」、そう思ってしまえば怪談話なんて一つも怖くない。「むしろ無表情で聞く八重子の方が怖いよ」、いつしかそう言われるようになった。

まぁでも今は、二紫名やあお、みどり、クロウに出会って、「妖」の存在は信じざるを得ないのだが。

「それにしても、どこの町にもご当地怪談話ってあるもんだね」

私はぽつりと零した。

放課後の教室。野球部の威勢のいい掛け声と、吹奏楽部の清々しい音出しを聞きながら、私たち四人は椅子を固めて怪談話をしていた。

きっかけは三十分前、小町の一言だった。

今日は部活がない。先生の挨拶が終わりさて帰るぞと荷物をまとめていたら、いきなり小町が自分の席から飛んできた。

「ねぇねぇっ！　この町の『七不思議』、知ってるぅ？」

「……七不思議、ねぇ」

あんまり興味はないぞ、というニュアンスで言ったのだが、小町はそう捉えなかったようだ。ずいっと身を乗り出してきたかと思うと、私の手を取りこう告げた。

「知らないよねっ？　知りたいよねっ？　今から教えてあげるねぇ！」

こういう時の小町はとても強引だ。それは、最近わかってきたことなんだけれども。

「なんで今、このタイミング？」と聞いたら、小町はニヘへと悪戯っぽい笑みを浮かべ、

「昨日テレビで怪談特集見たんだァ」と言った。要するに、影響されたわけだ。

そんなわけで、小町を中心に集められたいつものメンバーは、「町の七不思議」という怪談話を聞くことになったのだ。

なぜか、話上手で気分が盛り上がるからと語り部は昴になり、なぜか、話を知っているはずの小町が一番怖がるという結果になった。

そしてついさっき、最後の怪談話である「待ち続ける男」が終わったところだ。

「――さてと、帰ろうか」

昴がおもむろに立ち上がった。その言葉を合図に私たちもパラパラと立ち上がる。私た

ちは教室を後にして歩き始めていた。

「ねぇ、結局その人って誰を待ってたの？」

階段の最後の一段をぴょんと飛び降りると、私は二人に何気なく訊ねた。

私の一言に小町が冷めた視線を投げかける。

「やっちゃぁん、そういうのは気にしなくていいんだよぉ！」

「え？　でも気にならない？」

「話の本筋はそこじゃないしィ」

「けどさ、女の子は誰かと間違われて殺されちゃったわけでしょ？　やりきれないじゃん」

「そ……そう言われれば、そうなんだけど……」

そうか。普通は気にしないのか。でも気になるものは仕方がない。だって、もしその幽霊と話ができて、捜していた人に会わせることができたら、きっと誰も死ななかったはずだから。

「まぁまぁ。やっちゃんは優しいからそういうこと考えちゃうんやよ。でもこれは本当かどうかも怪しい、ただの怪談話やから」

私と小町が同時に頭を悩ませていると、昴がフォローを入れてくれた。「だからこの話はおしまい」そう言って、埒が明かない論争を平和的に収めてくれるのが、昴だ。

校舎から一歩外に出ると、吹き荒(すさ)ぶ風に乗って校庭の砂が舞っていた。その砂埃が目や口に入り込みそうになり、思わず顔を背ける。

「春の嵐」

誰かがボソリと呟いた。

轟々と唸るような風が、私たちを包み込む。どんより曇った空に、これから何か良くないことが起こるような、そんな予感がした。

「ねぇねぇ、西名さんに会えるかなっ？」

神社へと近づく道中、その名が小町の口から唐突に飛び出したので、私の心臓がドキンと波打つ。なんとか平静を装って答えた「どうかな」の一言は、不自然な程、宙をフヨフヨと漂った。

二紫名――。

あの夜の彼はどこかおかしかった。「心配させるな」と言った時の彼の真剣な瞳。私を引き寄せた力強い腕。そして、額に触れるかの距離にあった唇――。

やだ、何思い出しているんだろう……。

頬が上気していくのを感じ、それを打ち消すように急いで頭(かぶり)を振った。

そんなことを知る由もない二人は、荒れ狂う風をものともせずに、楽しくおしゃべりをしている。私はそれを右から左へ聞き流しながら、神社への道のりを一歩、また一歩と歩いていった。

——なんであんなことしたの。

知りたいけど、そんなこと聞けない。会いたくないけど、会わなきゃいけない。ただただため息が漏れるばかりだ。

「あ！　西名さんだァ！」

小町の華やいだ声で、私は現実に引き戻された。気づいたら神社の目の前だった。まずい、心の準備がまだできていない。

「ああ、八重子のお友達ですか。こんにちは。それに昴君も、おかえりなさい」

地面の石ころを見ながら二紫名の声を聞く。きっと爽やかな営業スマイルで二人をもてなしているに違いない。

「は、は、初めまして！　あのぅ、私、小町って言うんですけどォ、やっちゃんにはいつもお世話になってます」

「ふふ、お話は伺ってますよ。こちらこそ八重子がいつもお世話になっております」

——……なんだそれ。声を大にして言いたい。お母さんかっ！

「やぁだァ、西名さんってばぁ」

二紫名のただの社交辞令をきゃっきゃと嬉しそうに受け止める小町。このまま二人と二紫名のやりとりを適当に受け流して、普通に「サヨウナラ」をして何事もなかったかのように帰ろう。そう、帰れるはずだったのだ。

ここで爆弾を落としたのは、やっぱり彼女だった。

「あのぅ……西名さんって、彼女、とかいますかぁ？」

　一瞬にして凍りつく空気。胸の奥がひやりとする。

　動揺するな八重子。大丈夫、二紫名が答えるわけがない。どうせ笑顔を崩さずに「今はいませんよ」とかなんとか誤魔化すに決まっている。

「彼女はいませんよ」

　案の定、二紫名は無難な返答をした。ほらね。さぁ、聞きたいことが聞けたんだし、早く帰ろう？　そんな思いで小町の方に目をやったその時、予期せぬ言葉が降ってきて、私は再び思考停止するはめになる。

「――ただ、結婚を約束した人ならいますが」

　たった一言だ。

　そのたった一言を、私は頭の中で繰り返した。それは鉛のように私の体の底へ沈んでいく、落ちていく。深く、深く――。

「結婚を約束した人」って、もしかして婚約者？　妖の世界でそういうものが決まっているのだろうか。そもそも妖にも「結婚制度」があるなんて知らなかった。おかしいな、なんだか笑えてくる。

　顔を上げると、二紫名がやっぱり営業スマイルをかましていた。あんなに顔を見られないと思っていたのに、不思議と今は全然平気だ。

　なんだ。やっぱりあれはただの気まぐれだったんだ。二紫名にとったらなんでもないいただのお遊び。大丈夫、いつものことだ。いつものことだから、気にしない。

説明できない胸の痛みを隠すように、私はそっと笑みを零した。

「二紫名ー！　今日の晩飯なに……」

その時、ふいに二紫名を呼ぶ声がした。私たちは全員石段を見上げる。聞き覚えのある男の声。この神社で二紫名を呼び捨てにする男は一人しかいない。そう、先日出会って、訳あって神社に住むことになった——。

「クロウ！」

「あれ？　八重子じゃーん！　なんだ、俺に会いに来たのか？　あ、わかった、契りを結びに来たんだろ！」

声の主ことクロウは、灰色の瞳を真ん丸にして私を見下ろした。相変わらずの暑苦しい真っ黒な着物姿で、異様な雰囲気を漂わせている。そのまま石段を駆け下りてきたかと思うと、私の手をきゅっと握った。

「いや……あのね？　クロウ——」

「……クロウさん、八重子が戸惑っていますよ？」

そんなクロウさんの腕をガシッと掴む二紫名。クロウに対する不自然な敬語が余計に恐怖心を煽る。

「おい、なにす——」

「晩飯抜きだぞ」

私とクロウにしか聞こえない声で、二紫名がぼそっと囁いた。途端にクロウの手が私からスルッと離れた。恐るべし、「晩飯」の力。

——それに。

こんな風に守られたら、「クロウに嫉妬してる？」なんて勘違いしてしまいそうだ。そんなはずないのに。二紫名は、おもちゃを取られるのが嫌なだけなんだから。

「ね……ねぇ、その人って……」

私の横で小町のか細い声がした。怯えたように昴と二人、その身を寄せ合っている。

そういえばクロウのことを小町と昴に伝えていなかった。山で会った怪しい男が、いつの間にか私と知り合いになっているなんて、驚くに決まっている。なんとか言い訳しなくては。

「あ、ははは……この前は突然で驚いたんだけど、実はこの人、西名さんの知り合いだったんだ。黒羽さんっていうの」

こんな紹介で大丈夫だろうか。私は一抹の不安を抱きながら、小町と昴の様子を伺った。だけどその心配は杞憂だったらしく、二人は彼の素性がわかると安心したように頬を緩めた。

「どーりでイケメンだと思ったぁ！」

「黒羽さん……ってことは、父が言っていた『新しいお手伝いさん』ですよね？　よろしくお願いします」

「おー、よろしくな人間ども」

ホッとしたのもつかの間、クロウが余計なことを口走ったので、私の心臓はビクンと跳ねた。数秒間、時間が止まる。

「にんげん……？」

ぱちくり瞬きを繰り返す小町と昴。そりゃあそうだ、二人にとったらクロウも人間なんだから。

「わー！　なんでもないの！　ね？　クロウ」

しかしクロウはきょとんとしている。

「何慌ててんだ？　八重子」

「だ、だから……——」

「そろそろ行きましょうか」

話の通じないクロウを止めたのは二紫名だった。にこやかにそう言うと、クロウの着物の襟首をグイッと引っ張る。急に首が締まったクロウはケホケホと咳き込んだ。

「おいっ！　二紫名！　なにすんだよ！」

「ではみなさん、お騒がせしました。失礼します」

二紫名はぎゃーぎゃー騒ぐクロウをものともせず、引っ張って石段を上っていく。残された私たちは、なんとも言えない微妙な空気に包まれながら、そんな二人の姿を見送ったのだった。

その後、「ねぇ、あれどういう意味だったの?」と聞く小町と昴に対して必死にとぼけたのは言うまでもない。

＊　＊　＊

「ちょっとは気を付けてよね……って、あれ?」

さっきのクロウの言動を問い詰めようと勢いよく石段を上ったが、そこにいたのは澄ました顔の二紫名だけだった。辺りを見回してもクロウの姿はない。

「あいつなら今、惟親殿のところへ行っている」

「これちか……?」

「涼森惟親。昴君の父にしてこの神社の神主だ」

「あ、そっか神主……ん?　でも行ってるって……」

「ただで神社に住めるはずがないだろう?　あいつも俺と同じ、手伝い要員だ。今頃掃除でもしているんだろう」

手伝い要員——。

そういえば、小町が言っていた。「西名さんは、たまにこっちに来て神社を手伝っている」と。

でもよく考えたらなんだかおかしい。昴のお父さんが、素性も知らない変な男を雇うだろうか。しかも二紫名だけでなく、クロウまで。

もしかして、二紫名が人間じゃないことを知っているのかもしれない。

そんなことを考えていると、二紫名がふいに自身の懐から一枚の封筒を取り出した。これ見よがしに私の前でチラつかせる。

「……あ、縁さまの……」

「なんだその反応は。いらないのか？」

「いるっ！　いりますっ！」

焦って手にしたそれは、いつも通り一点のシミもない、真白な封筒だった。

「最後の道具だ」

便箋を開こうとした時、二紫名が呟いた。その言葉に咄嗟に手を止めてしまう。

最後——。

なぜだか心臓がドキリと跳ねる。これで、最後。これを取り戻したら、私は記憶を返してもらい、この狐ともおさらばできる。普通の生活に戻れるのだ。そう、私が望んでいた、普通の生活に。

それなのに、どうしてだろう、寂しいと思ってしまうのは。

「どうした、貸せ」

なかなか便箋を開かない私に焦れた二紫名が、私の手からそれを奪い取った。そしてゆっくりと、最後の道具のヒントを口にする。

「赤い糸で結ばれた輪……」

一言のヒント。一つ目も二つ目も、このヒントに苦しめられた。たった一言でわかるはずがないと、商店街の人を頼って話を聞いた。それなのに。

「なんだ……そんなの……そんなの簡単じゃん……」

なんで最後だけこんなにも簡単なのだろう。私と二紫名の旅の終わりは、すぐ間近に迫っているようだ。

「わかるのか？　これだけで」

「うん、だって……」

一つ目は私との、二つ目は私と父との思い出の品だった。だから三つ目はきっと祖父との思い出の品だ。祖父との思い出の中で「赤い糸で結ばれた輪」なんて、一つしか思いつかない。そう、それは――。

「おじいちゃんとの結婚指輪」

私は力強くその名を告げた。そしてその瞬間、二紫名の袂に入っている羅針盤が光り輝き、最後の道具への道を作り出した。

ああこれで、終わってしまう。光の道標をぼんやり眺めていたら、急に額にひんやりとした感触が伝わり、思わず「ひゃっ！」と声が出た。

「なんだ、熱はなさそうだな」

この言葉で、二紫名の手が私の額を覆っていることに気づく。

「ね、ね、熱なんてあるわけないでしょ？」

急いでそれを払い除けると、二紫名はニヤリと笑った。むしろ今ので熱が上がりそうなんだけど……なんてことは口が裂けても言えない。

「それだけ元気があれば大丈夫だな」

「はぁ？　なにそれ……」

もしかして、ううん、もしかしなくても、私を心配していた？

「……行くよっ！」

私は意を決して光の道を歩き出した。悩んでたって仕方ない。まだ道具を取り戻してもいないのに、未来のことを考えたってどうしようもないのだ。今やるべきことは、ただ一つ。

最後の道具——指輪を取り戻そう。


光の道は商店街の方へ向かっているように見えたし、実際途中まではそうだった。しかし、さぁ商店街だというところで、東に進路をずらし出した。この道は通ったことがないし、この先に何があるかと聞かれてもわからない。

わからないはずだが、なんだか妙な既視感を感じる。いや、既知感というべきか。とにかく、この道を知っているような気がするのだ。

商店街を通る賑やかな道筋とは打って変わって、こちらの道はとても閑散としていた。

さっきまでちらほら存在していた家々は、いつの間にかすっかり見えなくなっていた。今目の前には、ひっそりと川が流れている。夜になると、それこそ「幽霊でも出るような」と言われるような道だ。

そう、幽霊――。

「……まさかね」

「ん？　何か言ったか？」

「ううん、なんでもない」

二紫名が怪訝な表情で私を見ている。

まさか、そんなはずはない。そう思ってはみるものの、光の道を辿る足は確実に橋に向かっている。商店街の東にある川に架かる、橋――。そう、この既知感の正体は、あの怪談話だ。

そのことを妙に意識すると、なんだかあのお話の女の子のように、視線を感じるような気がする。いやいや、幽霊なんているはずがない。そんなのは気のせいだ。

「どうした八重子、やっぱり具合が悪いのか？」

「ぜんっぜん平気！」

私は二紫名に勘づかれる前に、額に浮かぶ汗をそっと拭った。

しばらく歩くと光の道のゴールが見えた。案の定、橋の袂で見事に途切れている。

「ね、ね、ね、ねぇ、妖……妖はどこっ？」

幽霊はいない。しかしあまりにもタイムリーなできごとに、私は若干の恐怖を覚えていた。一刻も早くこの場から立ち去りたい。

「なにを慌てている……ちょっと待て」

そう言うと、二紫名はゆっくりと辺りを見渡した。川の流れる音と風のうねる音が耳を占領する。見上げると鉛色の空が広がっていた。

「……いないな」

風の音に掻き消されるくらい小さな声を、私は聞き逃さなかった。

「いないって、どういうこと？」

「いないものはいない。この辺りで妖の気配はない」

二紫名は淡々と言葉を紡いだ。

「でも光の道はここを指してるんだよ？　ここに道具がないとおかしいじゃん」

「それはそうなんだが……」

「なにそれ。へっぽこ狐！」

「……おまえ、俺に喧嘩を売っているのか？」

「だってそうじゃない。じゃなきゃ羅針盤がへっぽこなんだ！」

「今度は縁さまの作った道具を愚弄するとは、いい度胸だな？」

私と二紫名が睨み合っていると、ふいに背筋にぞくりと冷たいものが走った。……視線だ。視線を感じる。

「……ね、え、とりあえずこの場を離れようよ」

「俺がへっぽこなのだろう？　いいからここら辺を探るぞ」

「へ、へっぽこは謝るから、だから――」

早く離れよう！　そう言いかけたその時、背後からあの言葉が聞こえてきた。

「ミツケタ……ミツケタ……」

掠れた声。けれどもハッキリと。

二紫名には聞こえていないのだろうか。なんら変わりなく橋の袂らへんをウロウロしている。私だけが凍ってしまったように動けない。

『――急いで振り返ったけど誰もいない』

このままではいけない。私は必死に自分を奮い立たせた。大丈夫、気のせい、気のせい……。なんとか体を動かし、ゆっくりと振り返る。しかしそこには誰も見当たらない。

『――気のせいよ、気のせい。女の子は再び歩き出すために前を向いたんだ。そしたら――』

空耳か、と胸をなでおろす。そして私は再び前を向いた。すると――。

「ああ～……やっぱり違う……」

目の前には、真っ赤な目をした蒼白い顔の男……ではなく、涼し気な目元で高身長、おそらく二十代半ばの、いわゆる「爽やかイケメン」がなぜか残念そうな顔をして立っていた。

「ひっ……！　ゆ、ゆ、うれ……い？」

幽霊、なのだろうか。私の想像する幽霊はもっとこう、白い装束を纏っていたりするのだが。目の前の男はボタンダウンのシャツにコットンパンツという、なんともラフな格好をしている。

もしかして普通の人間だろうか。いや、それにしてはうっすら透けているような気がするし、どこか現代っ子とは相反する不思議な落ち着きが感じられる。

「に、に、に、二紫名っ！」

慌てて二紫名に助けを求める。その間も視線は男に釘付けだ。そんな私の様子を、男はなぜか楽しそうに眺めている。

「なんだ八重子、きゃんきゃんと……」

「私は犬じゃない！」と言いたいところだけど、この際どうでもいい。失礼極まりないこと承知で、私は男を指さした。

「ゆ、幽霊……」

「はぁ？　何を言ってい……る……」

私の真横に並んだ二紫名が男を目にしたのだろう、動きを止めた。そしてしばらく見た後、こう言った。

「あぁ、ヒトではないな」

「そ、そんなサラリと！」

「俺は神社に住んでいるんだぞ。ヒトじゃないモノなんて日常茶飯事だ」

「なっ……………」

「怖いのか？　大丈夫だ、見たところ害を加える類のモノじゃない」

「………………」

そうか、そうでした。ついうっかり忘れそうになるけど、彼は狐で妖でそもそも人間じゃないんだ。幽霊を見て驚くはずはない。

私がガックリ肩を落としていると、幽霊男が私たちに近づいてきた。

「いやぁ、驚いたよ。僕を見ても逃げ出さないなんて。そんなの今までで君たちだけだ」

ねぇ少し話さない？　そう言って幽霊男はにこりと微笑んだ。

ああこれで、妖だけでなく幽霊の存在まで信じなければならなくなった。

「……で、話ってなんですか」

私たちは、近くに置かれた木製のレトロなベンチに腰掛けた。本当は幽霊の話を聞く余裕なんてないのだが、これもなにかの縁だ。

まさか幽霊と会話する羽目になるとは、ここに引っ越す前は想像できなかった。もちろん、妖に会うことも想像していなかったけれど。

「実はね、僕、すごく困ったことになっていて。そのせいで成仏できないんだよね」

幽霊男はハァとため息をこぼすと、憂いを帯びた瞳で私を見た。

「この世に未練があるのか？」

二紫名がすかさず問いかける。

「未練……そうだね……実は、生前誰かと大事な約束をしたんだ。その約束を果たさないことには、成仏しようにもできなくてね」

「誰と約束したんですか？」

「それが……思い出せないんだ」

「思い出せないって」

私と二紫名は顔を見合わせる。この幽霊男は何を言いたいんだろう。

「生前の記憶がところどころないんだ」

幽霊男は諦めたような乾いた笑いをこぼすと、左手で髪をかきあげた。その瞬間、キラリと光る物が目の端に止まる。

「ああーーーー！　指輪！　指輪！」

何事かときょとんとする幽霊男の左手小指には、金色に輝く指輪が嵌められていた。これだ。これこそきっと、探し求めていた「おじいちゃんとの結婚指輪」に違いない。

「その指輪！　神社から盗ったんでしょ！」

「指輪……？　ああ、これは拾ったんだよ」

幽霊男は悪びれる様子もなくそう言った。

今までの道具は二つとも妖が持っていたから、てっきり最後の一つも妖が持っているとばかり思っていたが。それがまさか、誰かもわからない幽霊が持っていたなんて。

でもこれで、指輪を返してもらえば私たちの道具探しも終了だ。

私はごほんと咳払いをすると、幽霊男にきちんと向き直った。

「拾ってくれてありがとうございます。じゃあ、返してもらえますか？」

しかし幽霊男は私の言葉を聞いて、笑顔から一転真顔になり、こう言った。

「ごめんね、それは無理」

「ええっ!?　なんで！」

「ん〜、なぜだかこの指輪を見ていると、何かを思い出しそうな気がするんだよね」

私は手を差し出したまま硬直していた。

そ、そんな……。素直に渡されないパターンは既にお決まりになっているが、それにしても今回はやっかいだ。

この幽霊が名前を付けられたり、寝床を提供したりすることで満足するとは到底思えない。今までの話からしてきっと――。

「じゃあこうしようか。僕が約束している人を思い出させてほしい。それができたらこの指輪を返してあげるよ」

やっぱり、だ。二紫名を見ると、「仕方ない」とでも言わんばかりに小さく息を吐いている。

「……わかりました。その代わり、思い出したらちゃんと返してくださいね？　それと、成仏も！」

こうなったら、この町の「七不思議」の一つをこの手で終わらせてやろうじゃないか。

幽霊男は私が快諾したことに心底驚いた顔をしていたが、やがて嬉しそうに目を細めた。

「ありがとう……君はすごいね。こんな見ず知らずの僕の話を聞いた上に、願いまで叶えてくれるなんて」

「もう慣れたものだからな」

二紫名が横から茶々を入れる。いちいち一言余計だ。

「……それで、その人について何か思い当たることってないんですか？」

「うーん、女性なのは間違いないんだ。顔は思い浮かぶ。多分、僕の恋人か奥さんだと思う……なんとなくだけど」

なんだ簡単だ。この幽霊男の素性がわかればいい話だ。

「あなたのお名前は？　いつ生まれていつ亡くなったんですか？」

面接官になった気分で質問する。

「名前は……ごめん、思い出せない。いつ生まれたかもハッキリとわからないけど、この場所にこの姿で立つようになって、もう五十年以上になるね」

「ごじゅう……」

そんなに長い間成仏できずにいたなんて。……とすると、彼の見た目からして、今生きていれば七十すぎ、というところか。

「その間に、その女性はここを通らなかったんですか？　通っても気づかなかった？」

その質問に、幽霊男はため息を漏らすと、子どものように口を尖らせた。

「最初がいけなかったんだ。……似てる！　と思って話しかけたらひどく驚かれて……それから妙な噂が立ったのか、人があまり通らなくなった」

そりゃあそうだろう。あの怪談話を思い出し、苦笑いする。

「……じゃあ、その人が写っている写真か何かないんですか？」

幽霊が生前の物を持っているとは思えないけれど、ダメ元で訊いてみた。

「写真……」

私の言葉に、幽霊男はぼんやりと遠くを見つめた。記憶の糸口を手繰り寄せるような、そんな眼差しだ。

「僕は写真が嫌いだった」

やがてぽつりとつぶやく彼は、どこか儚げだ。

「なんでですか？」

「魂が抜かれるだろ？」

「それは……迷信です」

そんなの知ってるよ、と彼は笑う。

「だけどね、自分の寿命が短いと知ってからは、写真を撮るのが怖くなった。だから彼女にも、写真を撮らせないようにしていたんだ」

幽霊男は、自分の紡いだ言葉から過去の情景を思い出しているのか、時折「そうだ、そうだった」と頷いた。

「写真が……嫌い……」

その言葉にひっかかりを感じる。私は知らず知らずのうちに、手を強く握りしめていた。

どこかで同じ話を聞かなかったか？　どこかで、そう、ついこの間――。

心がざわめく。そうだあの時、たしかに私はそう聞いた。

写真が嫌いで高身長でハンサム。そして年齢……。同じような人なんて、きっと探せばいくらでもいる。もしかしたら勘違いかもしれない。だけど私の中の何かが、彼がそうだと言っている。

「ふふ、どうしたの？　そんなに見つめて」

彼の瞳、どんよりとした空の下でもわかる。薄く緑がかった綺麗な色をしていた。

間違いない。彼は……この人は……私のおじいちゃんだ――。

「君江です！」

気づいたら私は叫んでいた。

「その彼女、円技君江です！　わかりますよね？」

なぜだか胸が苦しい。きっと、駄菓子屋のおばあちゃんからあんな話を聞いたせいだ。

祖母がどれだけ祖父のことを愛していたかという話を――。

祖父はこんなところにいた。五十年以上もひっそりと、人々に恐れられながら。祖母との約束を果たすために。

それなのに、それなのに。その約束が果たされることはもうないのだ。そして私に向かって悲しげに微笑む。

「き、み、え……」

目の前の幽霊男は、しかし、なんの感情もこもらない機械的な声でその名を呟いた。そして私に向かって悲しげに微笑む。

「……ごめん、その名前を聞いても、よくわからないんだ」

「そんな……」

彼は祖父じゃない？　ううん、絶対に祖父だ。じゃあなぜ名前を聞いても思い出せないんだろう。

再び強く吹く風に、今度は雨が混じり始めた。それは段々と私の頬を、体を濡らす。濡れた部分からじわりじわりと冷たくなっていく。まるで「これ以上はダメだ」と、自然が警告しているかのように。

空は分厚い雲に覆われ、夕焼けを映し出すことはない。その代わり遠くで鐘が鳴る。私はその音を聞きながらそっと唇を噛んだ。

——時間切れだ。

＊　＊　＊

夜はいついかなる時も平等に訪れる。

約束は果たせなくても、せめて祖母のことは思い出してほしい。そんなことを考えているうちに、気づいたら夜が明けていた。薄暗い中、どこからか鳥の鳴き声が聞こえてくる。こんなに眠れなかったのは久しぶりだった。

どうすれば幽霊男……祖父の記憶が戻るかはわからない。わからないけど、これは私と二紫名にしかできないことだと思う。

私は急いでしたくをすませると、そっと階段を下りた。時刻はまだ六時。今日は土曜で学校がないので、お弁当を作る必要のない母はまだ寝ているはずだ。起こさないように慎重に玄関へ向かう。床がキィとしなるたびに胸がドキドキした。

しかし玄関の扉を開けるという時に、後ろから声が聞こえてきた。——母だ。

「そんなに急いでどこへ行くの？」

「お母さん……早いね？」

「いつもの習慣だもの」

母は、勝手にどこかへ行こうとする私に怒ることもなく、穏やかに微笑んでいる。

「で、でも、今日は曇りだから日差しが入ってこなかったよね？」

「目覚ましかけて起きたのよ」

「なんで——」

なんでそこまでして。そう言いかけたその時、母から風呂敷に包まれた何かを突きつけられ、言葉はそこで途切れた。その「何か」をまじまじと見つめる。これってまさか。

「お弁当、よ」

ぽかんとする私を尻目に、母はにこやかに続けた。

「やっちゃん、最近とっても生き生きしてる。今日もどこかへ出かけるのよね？　おいなりさん、たくさん作ったからみんなで食べて」

母はなんでもお見通しらしい。おいなりさんなんて、あの狐が喜びそうなものを。私はくすりと微笑むと、母からお弁当を受け取った。

「ありがとう、お母さん」


外は、雨こそ降ってはいないものの、やはり昨日と同じ鉛色をしていた。その色と吹き荒ぶ風が私の不安を煽る。

向かい風に逆らいながら歩いていくと、今日のことを約束していたわけではないのに、神社の前に二紫名が立っていた。一つに括った真白の髪が、風になびいている。

「早いな」

「……そっちこそ」

「八重子なら来ると思ったからな」

二紫名はそう言うと、ニヤリ顔で私を見た。その顔を見るといつもなら腹が立つのに、今日はなぜか安心する。

私たちは、石段に座って作戦会議を始めた。

「あの幽霊男は、間違いなくおじいちゃんだと思うの……」

「そのようだな」

「でもなんでおばあちゃんのこと、忘れてるんだろう」

記憶がない、となると思い浮かぶのは一つだけだ。それは私と同じ理由。

「まさか、縁さまが盗った……とか……——痛っ」

しかしそんな私の額に、二紫名のデコピンが飛んできた。

「阿呆(あほう)、前にも言っただろう？　縁さまは部外者の、しかも子どもの記憶しか盗らない……と」

そうだった。私はひりひり痛む額を押さえながら二紫名を軽く睨んだ。

「あれは恐らく霊体になった時に自然に消えたんだろう」

「そ、そんなぁ……」

それじゃあ、記憶の戻し方がわからないじゃないか。私が膝を抱えて丸まっていると、二紫名がボソリと呟いた。

「方法はある」

「な、何っ何っ！」

勢いよく顔を上げ、期待を込めた眼差しで二紫名をじっと見つめる。しかし二紫名が次に放った言葉は、私を再びどん底に突き落とした。

「本人を連れてくることだ」

「……は？」

本人？　本人って、祖母のこと？　しかし祖母は既に亡くなっている。

「いや、それ……無理だよね？」

「ああ、無理だ」

「なっ……!!」

何を言うんだこの狐は！　こんな時にふざけるなんて、信じられない。

「あのね、こっちはまじめに話してるの！」

「わかっている」

二紫名は急に真剣な顔つきで、私をまっすぐ見据えた。初めて会った日と同じように、群青色の瞳が私を捉える。

「本人は無理だが、君江の記憶を彼に見せれば思い出すかもしれない」

「おばあちゃんの……記憶……？　それって……」

私の訝しげな視線に気づいた二紫名は、ふっと頬を緩ませた。

「俺はずっと気になっていた。田中さんや飯田さんの言っていたことが」

「駄菓子屋のおばあちゃんやてっちゃんが言っていたこと？」

いまいち要領を得ない答えに、思わず首を傾げた。

「君江の晩年はどのようなものだった？」

質問に質問で返されてしまった。私は父と母が話していたことを思い起こす。

「物忘れが激しくなっていった……そう言っていたと思う……」

「それはなぜか、考えたことがあったか?」

「えっ…………」

なぜか。……そんなの、病気だと思っていたし、今だってそう思っている。しかしこの二紫名の口ぶり、もしかして違うのだろうか——。

そろそろ教えてよ、という意味で、二紫名の瞳をじっと見つめ返した。その視線に応じるように、二紫名が口を開く。

「二人とも言っていたな、君江が急に自分たちのことを忘れてしまったと。もちろん、病気のせいなのかもしれない。……だが、少し気になってな」

「病気じゃないってこと? それって……もしかして、記憶を盗られたってこと……?」

私の問いに、二紫名はこくりと頷いた。

「可能性はある。もし仮に記憶を盗られていたとすれば、それを取り返しあの男に提示すれば、なんとかなるかもしれない」

「でもっ……でも誰に?」

祖母はここの人間で大人だから、縁さまに記憶を盗られるはずはない。だとしたら一体誰に盗られるというのか。

風に煽られ、境内の桜の花びらが激しく散っていく。いつの間にか、私の足元にピンクの絨毯が出来上がっていた。答えが見つけられないまま、ただぼんやりと降り積もるそれを眺めていた。

盗った相手がわからないと意味がない。

悔しさのあまり足を蹴りあげようとしたその時、ひと際強い風が吹き込んできた。足元のピンクが天高く舞う。

「困りごとか？」

風に乗って、背後から声が聞こえてくる。

勢いよく振り返ると、石段の上にクロウが立っていた。

「ク……クロウ!?　どうして……」

クロウは私を見ると拗(す)ねた少年のように唇を尖らせた。

「八重子、水臭いじゃねーか。困ってるなら、二紫名なんかじゃなく俺を頼ればいいだろ」

「こ、困ってるって、なんで……」

だってクロウは私が記憶を盗られたことも、祖母の記憶が盗られたかもしれないことも知らないはずなのだ。二紫名がクロウ相手に口を滑らすとも思えない。

混乱する私に向かって、クロウは自身の耳を指さした。

「野良で鍛えたこの耳をなめんなよ？　特に、八重子の声はよーく聞こえる。次の道具がどうとか、ばあちゃんがどうとか、聞こえてきたぞ」

そう言ってニカッと歯を見せる。さすが妖。神社で話をしたのは迂闊だったかもしれない。

「それに、そこの箱入りお坊ちゃんなんかより俺の方がずっと役に立つぜ？　どうせ八重子に任せっきりで、なんの先手も打ってないんだろ」

クロウはストンと私の横に腰掛けると、得意げに二紫名を見た。その様子に、二紫名が怒ってまた戦闘になるかとハラハラしたが、意外にも彼は諦めたように息を吐くだけだった。

「その様子だと何か掴んでいるようだな」

二紫名の言葉にクロウは「当然」と胸を張った。

「八重子のばあちゃんについて町中の人に聞いて回った。ここらへんの人は話好きで助かったね。見ず知らずの俺にもいろんな話を聞かせてくれた。その中でも一つ、興味深い話があって……」

「なに？　教えて！」

前のめりになる私に、クロウはなぜかククッと笑った。

「んー……頑張ったんだから何か褒美があってもいいよな？　八重子」

「ほ、褒美……？」

「そう、例えば、契り——」

「それは無理っ！」

慌てて拒否すると、クロウは小さく舌打ちした。

「じゃあ仕方ねーから一日デートで許してやるか。いっつも二紫名とべったりで俺と会ってくんねーから」

「そんな……」

　二紫名とべったりなのは道具探しの契約をしているからで……とクロウに伝えたところでわかってはくれないだろう。二紫名をちらりと見ると、彼はただ、ぼんやり私たちのやり取りを眺めているだけだった。

　――なんだ、助けてくれないんだ。

　胸の奥がちくりと痛む。わかってる、私のことより道具探しの方が大事だということくらい。わかっているけど、なんだか寂しい。そして、こんなことくらいでモヤモヤしてしまう自分がとても嫌だった。

「……いいよ」

　落ちていく気持ちを悟られないよう、そっと目を伏せそう答えた。とにかく今は余計なことは考えずに、道具のことだけに集中しよう。

「へへっ、約束だぜ？」

　クロウはニカッと笑ってそう言ったかと思うと、すぐに真剣な表情を作った。

「……いいかよく聞け。八重子のばあちゃんがおかしくなる前、隣町の神社にせっせと通ってたって証言があって」

「通ってた……？」

「ああ。なんでかはわかんねーけど。それで興味深い話っていうのがさ、その神社の神様っていうのが、恋愛成就祈願をしに来たやつの恋心を盗ることで有名らしいんだ」

恋心を盗る……もしそれが本当なら、恋心以外も盗ることだってあるのではないか。祖母の記憶だって盗ってないとは言い切れない。

強い、強い追い風が、私の背中を叩く。大丈夫、きっと状況は打開される。風を味方につけて、私はその場に立ち上がった。

「ありがとう、クロウ。私、行ってみる！」

手に入れた手掛かり。そこに祖母の記憶に関する糸口が見つかるかもしれない。

「八重子のためならこのくらい、どうってことねーよ」

クロウも立ち上がると「それと――」と言いながら、私より奥にいる人物を覗き込んだ。

クロウと二紫名の視線がぶつかる。だけどそれは争いの前触れみたいな激しいものじゃない。優しい温かなものだった。

「俺はただの野良だから、神様との交渉はできねぇ。隣町の神社に行って八重子を守れるのは、神様の弟子である二紫名だけなんだからな。八重子をしっかり守れよ」

「……当たり前だ」

やっと口を開いたかと思えば、ニヤリと笑ってふてぶてしい態度。

「もう！　クロウがせっかく探ってくれたんだから、ちょっとは感謝の言葉くらい言ったらどうなの？」

「感謝はしている」

「だからっ！　……ってクロウ？」

　ぶはっと堪えきれずに笑い出したクロウに、私はただ呆然とする。何か変なこと言ったっけ。

「いや、悪い。八重子ってやっぱりすごいな」

「は……え……？　どういうこと？」

　クロウは大きな口を開け笑うと、私たちに向け手を振った。

「気をつけて行ってこいよ」

＊　＊　＊

　隣町までは、電車で十分ほどだった。駅の改札をくぐり外に出ると、風に乗って嗅ぎなれない真新しい匂いが舞い込んで来た。この町の、匂いだ。

　とは言え、景色は自分たちの町とさほど変わらない。無駄にだだっ広い道路沿いに、家や店がぽつりぽつりと存在する。人気もまばらでどんより曇った空が余計にこの町を寂しく感じさせた。

　一つ違うところがあるとすれば、建物の向こう側に海が広がっているところだろうか。耳を澄ませばザザ……ザザ……と微かに波の音が聞こえる。

——そうか、これは、海の匂いなんだ。

「八重子、こっちだ」

二紫名の声で私はハッと我に返る。気づくと彼は五メートルほど先を歩いていた。

「ま、待って！」

二紫名は海の方向へ進んでいく。迷いなく、足早に。やっとのこと追いつくと、二紫名の横顔を見上げた。

「ねぇ、地図とかないけどこっちで合ってるの？」

「海の近くに神社が一つあったはずだ。恐らくそこだろう」

「『はず』？『おそらく』？ねぇ、もちろん来たことあるんだよね？」

私の言葉に、二紫名は前を見たまま答えた。

「俺はあの町から出たことはない」

「う、嘘でしょ？」

まさかの答えだった。それならそうと言ってくれれば、この町の地図くらい用意したのに。いつも一言余計なくせに、肝心なことは何も話さない、二紫名。

「来たことはないが、縁さまから話は聞いている。この海岸は恋路海岸といって、縁結びのパワースポットとして有名な観光地らしい。だからきっと、神社に恋愛成就祈願に来る人間が多いのだろう」

「恋路海岸……」

その名には聞き覚えがあった。たしか、てっちゃんが祖母に十回目の告白をした場所だ。じゃあここが……。

たしかに向こうに見える海岸には、ハート形のモニュメントに鐘が設置されていたりして、ロマンチックな空気が漂っていた。夕日に赤く照らされたという見附島も見える。能登の人が軍艦島と呼ぶだけあって、軍艦そっくりの大きな岩がそびえ立つ様子はなかなか迫力がある。天気が良かったら白砂が青空に美しく映えるのだろう。せっかくの縁結びスポットも、この荒れた天気で台無しだ。

生ぬるい風が、私の髪をなぶる。何度も前が見えなくなりながらも、それを手で必死に払い除けた。舞い上がった砂埃が私の気管に入り込みむせ返った時、とうとう私は我慢ができなくなった。

「神社なんてないけどっ？　こんな日に無駄に歩き回るのはやめようよ。ほら、誰かに聞けば手っ取り早いよ」

「その必要はない。こっちで合っている」

なんて頑固で融通がきかない狐だ。だいたいその自信は一体どこから湧き出てくるのか、一度聞いてみたいものだ。

ああ、そうですか、二紫名さま。なんて言いながら渋々後ろをついて行くと、ふと二紫名が前方を指さした。

「え、何――」

その方向を目で追うと、思わず言葉が途切れる。海へと繋がる道沿いに、小さな鳥居が佇んでいた。下手したら誰も目に留めることのないような、素通りしてしまうような、こんなこぢんまりした神社がそこにはあった。

「俺の嗅覚をなめるな」

二紫名は得意気に笑うと、一足先に鳥居をくぐった。

私は鳥居の奥を見つめる。ここに……ここに祖母の記憶があるかもしれないのだ。なんの変哲もない神社を前に、私は息を呑んだ。緊張で震える足を手で叩くと、パチンと小気味いい音がした。

——どうやって記憶を取り返すかもわからない。わからないけど、とにかく頑張ってみるね、おばあちゃん。

境内も見たところ、やっぱり普通だ。特に変わったところは感じない。だいたい神様に会うって、どうすればいいんだろう。

石畳の細い参道を歩いていく。その脇には立派な石灯籠が点在している。それらには目もくれず拝殿の前までやって来ると、黙っていた二紫名が口を開いた。

「八重子、参拝してみろ」

「はぁ？　今、ここで？」

「他にどこで参拝すると言うんだ」

何を惚けたことを、と言いたげな二紫名。それはまぁ、そうなんだけど。でも参拝してどうするんだろう。

「まさかやり方がわからないのか？」

私がじっとしているので、二紫名が軽口を叩いた。

「そんなわけないでしょっ！」

二紫名にまんまと乗せられて、私は二拝二拍手をする。そしてふと気づいた。

――あ、手水とってない。

しかしもう遅い。祖母の記憶を盗ったかもしれない神様に、礼儀なんて気にする必要ないよね、と思うことにした。

私は目を閉じ願いに集中する。叶えてほしいことは、ただ一つ。

『おばあちゃんの記憶を返してください』

願いを何度か心の中で繰り返し、さぁ最後の一拝をと思った瞬間、誰かの声が聞こえてきた。

「なにそれ、つっまんなーい」

ついさっきまで、誰もいなかったはずだ。これは、もしかして……。

今までの経験からして、この声の主は人間ではない。そう思えるほどに、私は妖たちとの生活に慣れてしまっていた。

私は心臓が高鳴るのを抑えながら、そっと目を開けた。すると――。

「……あっ」

目の前の賽銭箱の上に、黒地に赤や白、ピンクの牡丹の花があしらわれた、着物姿の女性が立っていた。歳は二十歳前後だろうか。艶やかな黒髪は綺麗にまとめられており、眉と目がきりりと吊り上がった気の強そうな顔立ちは、豪華な着物に負けず劣らず美しかった。そして何より、彼女の周りだけ異様に輝いて見えた。

私が声を出したことによって、彼女も何かに気づいた様子で一瞬眉をひそめる。

「あなた、私のことが見えるの？」

怪訝な表情のまま賽銭箱からひょいと降りると、鼻先が触れるくらいの距離で私をまじまじと見た。

ごくりと喉が鳴る。それを肯定の意と捉えたのか、彼女はやがてにんまり笑った。

「やっぱり見えるのね！　久しぶりに『視える人』が来てくれたわ！」

そう言い、私に抱きつく彼女。しかしその身は私の体をするりと通り抜けていく。

「ひっ……」

「ねぇ、あなた。私に用があるんでしょ？　せっかくだからお話ししましょうよ。私すっごく退屈していたの」

驚いて声が出せない私をよそに、彼女は通り抜けたことを気にも留めない様子で微笑んだ。

「――へぇ、あなた、八重子って言うのね。私は望」

　ようやく心臓の音が落ち着いたころ、目の前の美しい女性は「望」と名乗った。二紫名やクロウなど、今まで出会った妖は私に触れることができる。とすると、目の前の圧倒的オーラを放つこの女性は……――。

「……ここの神様、ですよね……」

「あら？　よく知ってるわね」

　望さまは、口元に薄く笑みを浮かべた。上品で、愛想がいい。

　クロウが「気をつけろ」なんて言うものだから、てっきり鬼のように怖い神様かと思ったら、人懐っこくて良い人そうじゃないか。これなら祖母の記憶もすぐに返してくれそうだ。

　そう思っていたら、望さまがふと、私の横に視線を移した。

「――で？　あなたはだぁれ？　毛並みの良い狐さん。ここは私の敷地だと知って勝手に入ってきたのかしら」

　望さまは笑顔だ。笑顔だけどなぜだろう、怒っているような気がする。

「……鈴ノ守の神、縁門下、二紫名です、望さま」

　淡々と告げる二紫名。しかしどこか言葉の端々に緊張をはらんでいた。

　二紫名の言葉に、望さまは頬をぴくりとさせると、凍ったような目付きで二紫名を睨んだ。

「縁ィ？　……ふぅん、そういうこと」

今度はその冷たい視線を私に向けた。さっきまでの笑顔とは打って変わって、いきなり怒りの感情を向けられて、私は電気が走ったように動けなくなる。

「なァんだ。せっかく視える人間が来たっていうのに、縁のモノじゃね。気が変わったわ。さっさと出て行ってちょうだい」

望さまは、まるで汚いものでも見るかのような目で私たちを見ると、踵を返し再び賽銭箱の奥へと進んでいく。

——行ってしまう！

私は慌てて手を伸ばした。掴めるはずもないのに。

スカスカと空振りする中、彼女を逃すまいと気持ちばかりが焦る。気づいたら私は大声で叫んでいた。

「祖母の記憶を返してください！」

その瞬間、ぴたりと止まる彼女の背中。

「祖母の記憶？　ああ、あなた、さっきもそんなことを祈っていたわね」

望さまはくるりと振り返ると、ゆっくりこちらに引き返し、再び賽銭箱の上に腰掛けた。

相変わらず冷たい物言いだが、多少なりとも興味を持ってくれたようだ。しかしその目は、冷たく光っている。

「——でも残念ね、私は可愛い女の子の『恋心』が好きなの。老人の記憶に興味なんてないわ」

「そんな……」

　くすくすと楽しそうに笑う望さま。私の顔色の変化を面白がっているのだ。

　望さまは盗ってない――？　でも祖母はここに通った後物忘れが激しくなったのだ。絶対、何か知っているはずだ。

「覚えていませんか？　ここ五、六年の間にこの神社に通った老人のこと。名前は円技君江と言います」

「君江………」

　その名を聞いた途端、望さまは妖しく微笑んだ。

「ああ、あの老人。じゃああなたが、あの」

「知ってるんですね！」

　しかし何か引っかかる。望さまの含みのある言い方……。もしかして、彼女は私も知っている――？

「思い出したわ。随分変わった老人だった。あの老人も視える人間だったわね」

「祖母が……視える人間……？」

　そんな話、聞いたことがなかった。

「そうよ。知らなかったの？」

「……知らなかった、です」

父も母もそんなこと一言も言っていなかった。だからきっとこれは、祖母が秘密にしていたことなんだ。

「ふふ……可哀想なお嬢ちゃんに、いいことを教えてあげるわ」

ふいに望さまが手を伸ばし、私の唇をつぅ、となぞった。感触はないのに、なぜか触れた部分が冷たく感じ、ぞくりとする。

望さまは一層妖しく微笑むと、その形のいい唇を開いた。

「……むかしむかし、あるところに、おばあさんがいました。そのおばあさんは、ある神様に願い事をしました。『孫の記憶を取り戻す方法を教えてください』と――」

え……――。

何を……何を言っているんだ？　もしかして、これは祖母のことを言っている？　だとしたら、だとしたら祖母は……祖母は――。

「なんでも、記憶を盗った神様に訊ねたところ、『無理だ』と言われたそうなのです。それでも諦めきれないおばあさんは、ある神様を頼りました」

望さまは、目を輝かせ、それはそれは楽しそうにお話を語る。

私はそれを聞きながら、体が急速に冷えていくのを感じた。怖い。聞きたくない。でも聞かなくちゃ……。

「ある神様は言いました。『私ならできる。その代わり、この神社に通い、面白い話をしなさい』と」

「お待ちください。盗られた記憶は、盗られた者自身の手で取り戻す必要があります。いくら神といえど、あなた様にそのようなことはできないはず――」

「おだまり！」

二紫名の言葉に、望さまはピシャリと言い放った。

「本当に空気の読めない狐だこと。ああ、興醒めよ」

顔を歪ませ二紫名を睨む。しかし震える私を確認すると、再び妖しく微笑んだ。

「……そうよ、私にできるはずないわ。久々の視える人間だったんだもの、退屈しのぎに付き合ってもらったのよ」

「嘘をついたのですね」

「まぁ、人聞きの悪い。あの老人も話し相手ができてよかったんじゃないかしら」

望さまは高らかに笑った。

「でもね、私だんだんその老人が不憫に思えてきたのよ。だってそうでしょう？　孫の記憶を取り戻すことは不可能なのに、そのことに囚われて生きていくなんて。いっそのこと、全て忘れてしまえば楽になると思ったのよ」

だから、記憶を盗ったわ。そう言う彼女からは『悪意』が感じられない。正しいことをしたと、本気でそう思っている目をしていた。

私はただガタガタと震えていた。これは悪い夢だ。でなければ、望さまの嘘だ。でも、どこから、どこまで――？

「ふふ、気楽なものね。あなたの祖母が必死で祈っていた時、あなたは何をしていたのかしら？」

しかし彼女の目が、言葉が、それが真実であることを示していた。

祖母は……祖母は私のせいで記憶をなくしたんだ――。

「望さま、それはいささか言い過ぎです。そもそも、あなた様が嘘を教えなければ済んだ話ではないですか」

「あら、そうかしら？　真実を知ったらそれこそ老人はショックを受けたんじゃない？」

望さまと二紫名の言い合う声が、だんだんと遠くなっていく。

その代わり、駄菓子屋のおばあちゃんとてっちゃんの顔が脳裏に浮かんだ。「突然自分のことがわからなくなって」と、寂しそうに呟いた、あの顔だ。

私がそもそも祖母の言いつけを守っていたら……祖母は望さまに記憶を盗られることはなかったんだ。二人の大切な友人を奪ったのは、他ならぬ私だ――。

気づいたら、深い、深い闇の中にいた。立っているのか座っているのかもわからない。ただ延々と続く闇が、私の心を支配する。

私のせいで――。

私のせいで――。

「八重子！」

耳元で大きな声がして、私は現実に引き戻された。地面が随分と近い。どうやらいつの間にかその場に座り込んでいたようだ。

望さまはじっくりと私の様子を観察しているようだった。怖いくらいの満面の笑みを湛えて。

一つ、違和感がある。右手がじんわりと温かいことだ。ふと見ると、白く美しい手が、私の右手をしっかりと握っていた。――二紫名だ。

いつもは氷のように冷たい手なのに、力強く握られているからか、なぜか今は温かく感じる。

「八重子、今やるべきことはなんだ」

芯の通った声。しゃがんで私と同じ目線になった二紫名の、群青色の瞳に私が映る。二紫名の手が導いてくれる、私を、正しい方向へ。

「やるべき……こと……」

駄菓子屋のおばあちゃんやてっちゃんに謝る……？　ううん、違う。それはただの自己満足にすぎない。そうじゃない、今しかできないこと。そのために、私たちここに来たんじゃないか。

祖母の記憶を取り戻そう。待っている祖父のために――。

私はゆっくり立ち上がると、望さまに向き合った。未だ震える手。けれども、二紫名が繋いでくれているから、大丈夫だ。心静かに、口を開いた。

「祖母の記憶を返してください」

望さまは呆れたようにため息を漏らすと、小さな声で呟いた。

「しつこいわね……でもいいわ、諦めが悪い娘って、嫌いじゃないの」

そう言うと、おもむろに背後の賽銭箱の陰から、小さな箱を取り出した。指輪が入るくらいの大きさのそれは、素材はわからないが、綺麗な乳白色をしている。

「あなたツイてるわね」

「どういう意味ですか……？」

「記憶はね、本来なら盗られた本人にしか取り戻せないの」

望さまはその小さな箱を愛おしそうに撫でる。

「でもね、本人が死んだら、誰でも持ち出すことが可能なの。これはね、処分するために私が持ち出した、君江の記憶。……ふふ、あとちょっと来るのが遅かったら、もう消えているところだった」

手が届く距離に突き出された箱。それを受け取ろうと、手を伸ばしたその時だ。

「――交換条件よ」

望さまが厳しい口調で言い放った。

「交換条件……？」

「当たり前でしょう？　私からただでもらおうなんて、虫が良すぎるわ。これを渡す代わりに、私にも何かちょうだい？」

望さまが祖母の記憶を渡してくれる気になったのはいいが、どうしよう、望さまに渡せるものなんか、何もない。

「何を渡せばいいんですか……」

「そうね……」

望さまは私と二紫名を見比べると、面白いことを思いついたと言わんばかりに、静かに微笑んだ。

ゆっくりと、望さまの指が、まっすぐ二紫名を指した。

「この狐をもらうわ」

「なっ……！　なんでですか？」

予想外の答えに狼狽える。必死に言葉を探すが、結局何も出てこなかった。

「なんで？　そんなの、見目麗しいからよ」

「そんな理由で……そ、そもそも、気に入った様子なんてなかったじゃないですか！」

「ふふ……そうよ、気に入らないわ。だけど縁のモノを調教し直すのもまた、面白いでしょう？」

「そんな……！　で、でも……そうですよ、二紫名は縁さまの弟子。勝手に渡すわけにはいきません！」

「私がどうとでもするわ。私の弟子にしたら、この神社から外へは絶対に出さない。誰にも会わせない。私だけの話し相手にするわ」

望さまは、私がどんなに理由を並べても一向に引かない。それどころか、私が何か言えば言うほど、楽しくて仕方ないという様子だった。

二紫名も二紫名で、自分のことなのに、何も言わずに私と望さまを見守っている。

「ねぇ、さっきから必死だけど、あなたに何か関係あるの？ この狐が私のモノになろうがなるまいが、どっちでもいいじゃない」

関係あるの？ その言葉にドキリとする。そうだ、別に二紫名が誰の弟子になろうが、関係ない。だけど――。

私は二紫名と繋ぐ右手を、強く握り返した。

だけど、望さまの弟子になったら……もう、会えない――。

胸の奥がざわざわする。あんなに二紫名とさよならしたいと思っていたはずなのに、いざそう言われても全然嬉しくない。

――この気持ちをなんて呼べばいいんだろう。

思い出すのは、神社の石段で初めて会ったあの日のことだ。まるで映画のワンシーンのようで、思わず二紫名に見惚れてしまった。あれから数日しか経っていないのに、もうずっと一緒にいるような、そんな気がする。

綺麗な顔立ちとは裏腹に、自分勝手で失礼な二紫名。何度もからかわれて、腹を立てて、誤魔化されて、またからかわれて。クロウから守ってくれたり、そうかと思えばデートの約束を許したり、何を考えているのか全然わからない。

でも優しい時もあった。私が落ち込んでいる時、いつも寄り添ってくれた。言葉は少なくても、たしかに心はここにあった。私のそばに。

この気持ちの名前なんて、今はまだわからなくてもいいんだ。二紫名のことを考えると、ぽかぽかする。それだけでいいじゃないか。ほら、答えはもうとっくに出ていた。

――私は、この手を離したくないよ。

だから――。

「望さま、ごめんなさい」

口から出た言葉は、はっきりと拒絶の言葉だった。望さまは表情を変えない。そのまままっすぐ私を見据えて、静かに唇を動かした。

「記憶、いらないの？」

「……他の方法を探します」

「なぜ？」

なぜ、なんて、そんなの、そんなの。

「二紫名は……彼は……私の、大切な――大切な友達だからです」

そう言った途端、望さまの瞳が大きく見開く。そして――

「……くっ……くくっ……やだ、『友達』だって、『友達』！　残念ねぇ！　くふっ」

堪えきれない、といった様子で笑い転げる望さま。私はというと、そんな彼女を茫然と見つめるしかなかった。

そしてどうしてだかわからないが、ちょっぴり不機嫌そうな二紫名の横顔が、なんだか気になる。

「……ふふ、いいわ。私の意地悪にも負けないんだもの。あなた、気に入ったわ」

目元の涙をそっと拭うと、望さまは手の中の箱を私の方へ投げやった。突然のことに驚きつつも、落とさないように必死で両手を広げる。

ストンと手のひらに収まったそれは、小さいのにずっしりと重かった。祖母の生きた重みだ。

「いいんですか？」

「どうせ処分するものだったし。それに、面白いものも見られたし、ね？　……でもその代わり――」

『その代わり』

再び緊張感に包まれる。今度は何を要求されるんだろう。乾いた空気をきゅっと呑み込む。

「その代わり、またここに来て私の話し相手になってちょうだい？　八重子」

望さまは、いたいけな少女のような瞳で私を見ていた。どうやらこの困った神様は、私を「友人」として迎え入れてくれるらしい。

私は思わず笑みを零すと、こう言った。

「私でよければ、よろこんで」

＊　＊　＊

私たちが町に戻った頃、辺りは暗くなり始めていた。風は少し弱まったものの、未だに空は分厚い雲で覆われている。

どうしてだろう、なぜか胸騒ぎがする。

祖母の記憶は取り戻した。これを祖父に渡せばきっと思い出してくれる。そうだ、何も問題ない。何も怖がる必要はない。この重くのしかかるような空が、私をそう感じさせるのだ。

鉛色を見すぎて、私の心まで鉛色になってしまったんだ、きっと。

「あ、君たち」

祖父は変わらず橋の袂に立っていた。私たちを見つけると、嬉しそうにその手を挙げた。

「すっかり遅くなっちゃって、ごめんなさい」

「いいんだ。また来てくれただけで、とても嬉しいよ」

優しい眼差し。この人が、町の怪談話の一つになっている事実が、なんだか申し訳ない。

でも、それも今日でおしまいだ。

「あの、彼女本人は連れて来られなかったんですけど、その代わり彼女の記憶を持ってきました」

私はポケットから、そっと記憶の箱を取り出した。それを祖父に手渡す。

「記憶の箱……？　これ、僕でも持てるんだね、不思議だ……」

　まじまじと、小さな箱を色んな角度から見つめる祖父。……何も起こらない。この箱を持って、どうすればいいの？　と二紫名に目線で訴える。

「その箱を開けてみろ」

　あ、そっか、開ければいいんだ。

「もー、最初からそう言ってよ！」

「箱なんだから開けるのは当然だろう？」

　私と二紫名が小声で言い合っていると、横で祖父がぼそりと呟いた。

「あの……開かないんだけど」

　その言葉に一瞬時が止まる。

「開かない？　嘘っ！」

「いや、本当に開かないんだけど……」

　貸してください！　と強引に奪った箱を、こねくり回す。しかし、押しても引いてもビクリともしない。本当に、開かない。

「恐らく――」

　二紫名が眉根を寄せて難しい顔をしている。

「記憶の持ち主ではないから、開けるには、それ相応の鍵が必要なのだろう」

「鍵？　鍵穴なんてないけど……」

　私は箱をぐるりと見渡した。それらしいものは見当たらない。

「いや物理的な鍵ではなく、この場合はそうだな……『約束』が鍵になるのではないか？　男、女性とした『約束』とは一体なんだ？」

　二紫名の問いかけに祖父はしばらく考え込んだ後、こう告げた。

「えっと……たしか、『一緒に満開の桜を見よう』って言ったと思う。場所はごめん……わからないんだ」

「その約束を果たせば、きっと記憶の箱も開くだろう。……あとは、その場所を探すとして――」

「ちょっと待って」

　二紫名と祖父が話し合っているのに、咄嗟に口を挟んでしまった。だって、今言った言葉が本当なら、約束なんて果たせないからだ。

　現在、四月の下旬に差し掛かろうというところ。三分の一ほどになっていた花は、この春の嵐でほとんど散ってしまった。今はもう、若々しい緑が並ぶばかりだ。つまり――。

「満開の桜が見られる場所なんて、ないよ……」

　立ち尽くす私の背中に、生ぬるい風が容赦なく吹き付ける。春の嵐は、間違いなく私たちを嘲笑っていた。

伍　伝えたい想い

その日の朝何気なくテレビを見ていると、「隣町で熊が出た」というテロップがでかでかと画面に表示された。地元のアナウンサーが、すました顔でそのことを伝えている。母熊が餌を探して山を下りてきたのかと思いきや、よくよく聞いたら、子熊が母とはぐれて迷った末に下りてきたらしい。私はそれをぼんやりと眺めながら、物思いに耽っていた。

――私も、その熊と同じ、迷子だった。

今までが上手くいきすぎていたのだ。ここに来て、どうすればいいのかわからない。お手上げだ。

迷路の中をひたすら歩き回って、辿り着く先は一体どこなのか。ここだと思って進んだ道が的外れだった時の、絶望感。

迷い迷って人間の住む場所に来てしまった子熊。この先どうなるのだろうか。母の元へ、帰れるのだろうか。それとも――。

私はため息をつくと机に突っ伏した。

「もっと早く来たかったな」

そうすれば、満開の桜に間に合ったかもしれないのに。

なんの気なしに呟いた言葉。当然、誰に対して言ったわけではない。けれども、そう捉えなかった人物が一人、ゆっくり背後から近づいてきた。

「もっと早く来たかったって、ここに？」

——母だ。母はテレビに目線を移し、「やだぁ、怖いわ」と言いながら、私の横に座った。

「……もう桜が散っちゃったから」

私の答えに、母は再び私を見ると、ぱちくりと目を瞬かせる。

「なぁんだ、すっごく深刻そうだから何かと思えばそんなこと。桜なんて、また来年見られるわよ」

「そうなんだけど……」

でも来年。これから一年もあるじゃないか。つまりあと一年は、祖父は成仏できないし、私も記憶が戻らないままということになる。

二紫名はどう思うだろう。彼のことだから、きっと他に方法がないか探しているんだろうな。

「変なやっちゃんねぇ。日曜日だっていうのに、遊びにも行かないし……外はすごくいいお天気なのに」

そうなのだ。昨日の曇り空からは想像がつかないくらい、今日は抜けるような青空だった。散々私を嘲笑った強風は、気が済んだのか今朝からピタリとやんでいる。

「熊が出るんでしょ？　行かないよ」

そんな気分にはなれないし、と心の中で毒づく。

「ふふ、それもそうね」

母は満足したのか、再びテレビに目線を移した。

さてこれからどうしよう。何も予定はないが、とりあえず二紫名に会って、相談して……うん、明日でいいかな。

そんなことを考えていると、母が突然感嘆の声を漏らした。

「あらぁ～……綺麗ねぇ……」

驚き顔を上げると、テレビに映し出された景色に、私は言葉を失った。

そんな、まさか。にわかには信じられない光景だ。

息をするのも忘れて、テレビにかじりつく。流れる映像がまるでスローモーションに見える。時が、止まる。

「もうそんな時期なのね」

しみじみとつぶやく母の声を聞き、ようやく時間が動き出したのを感じた。ほっと一息つくと、恐る恐る口を開いた。

「お母さん、これって……」

「うふふ、やっちゃんの名前の由来」

そう言って悪戯っぽく微笑む母。どこかちぐはぐなその答えに、私は一瞬戸惑う。

「え？　どういう意味？」

「あら、おばあちゃんから聞いたんじゃなかったの？　もしかして忘れちゃった？」

「おばあちゃんから聞いた……？」

だとしたら、きっと私の忘れた記憶だ。

「そうよぉ。ほら、やっちゃん、『名前の由来』の宿題が出た時に――」

「そこじゃなくて！」

私が聞きたいのはいつ聞いたのかではなく、何を祖母から聞いたのかということだ。

母は、そんな私に、「しょうがないわねぇ」と前置きすると、ゆっくり話し始めた。

＊　＊　＊

気づいたら家を飛び出していた。髪もとかしてないし、服も部屋着のままだ。でもそんなの気にしない。とにかく今は、二紫名に会いたかった。一秒でも早く。

風をきって走る。二紫名は褒めてくれるだろうか。良くやったと、言ってくれるだろうか。

胸の内に秘めた淡い期待が、私を大胆にさせた。熊なんか怖くない。早く、早く――。

神社に着いた途端、視界に入ったのは、青空によく映える鳥居の赤だ。そういえば、初めて狐姿の二紫名に会った時、この鳥居をくぐって走り去っていったんだっけ。今も、その時と同じように、鳥居は凛と佇んでいる。

石段を一気にかけ上る。湧き出た汗が前髪を濡らした。日頃の運動不足が祟って、足元がおぼつかない。息もたえだえ前を見ると、呆れた表情の二紫名が立っていた。

「八重子？　どうしたそんなに急いでっ——」

二紫名が何か言い終わる前に、私は彼の胸に飛び込んでいた。金木犀の香りが胸いっぱいに広がる。

「——どうした？」

二紫名の手が、ぎこちなく私の頭を撫でる。

逸る気持ちを必死に抑え、ゆっくり顔を上げた。困惑気味の二紫名の顔が、少し可笑しい。

「——あのね、私わかったの！　二人の約束の場所が……！」

「わかったって……本当か！」

こくんと頷く。途端に細められる彼の瞳。そして静かに、私だけに聞こえる声で、彼はこう言った。

「……ありがとう」

くしゃくしゃと頭を撫でられる。思いがけない感謝の言葉に、泣きそうになった。でも、泣くのは今じゃない。まだ、その時じゃない。二紫名にバレないように、私は必死に涙を隠した。

「それで、場所なんだけどね」

努めて冷静に、鞄の中から地図を取り出した。それを合図に二紫名が体を離す。もう少しその腕の中にいたいと思ってしまった私は、少し不謹慎だろうか。

地図を広げて「ここなの」と目的地を指さす。

「遠いな」

「そう……さすがに歩いてはいけないよね」

目指すは、ずっと南にある倶利伽羅峠内の公園だ。ここから車でも二時間以上かかる。今まで訪れた場所を考えると、一番遠いことになる。

「またあおちゃん、みどりちゃんに頼む？」

「……いや、あいつらにこの距離は無理だな。しかも今回はおまえの祖父も連れていかなければならない。定員オーバーだ」

あいにく電車は通っていない。峠の近くにあるのは、一日一本しかないと言われるバス停だった。

このバスに乗るしかない。幽霊がバスに乗るというのもなんだか変な話だけど、この際仕方がない。

そう思っていると、誰かが地図をひょいっと持ち上げた。

「うわ、読めねー……」

背後から現れたのは、クロウだった。

「い、いつからいたの？」

「いつからって……今？」

ということは、私が二紫名に抱きついたシーンは見ていない、ということか。見られなくてよかった。いくら気持ちが昂っていたとはいえ、今考えたら大胆なことをしてしまった。

二紫名の背中の感触を思い出し、顔が火照るのを感じた。慌ててぱたぱたと手で扇ぐ。しかしクロウは、そんな私の様子を全く気にしていないようだ。珍しく私には見向きもせずに、地図の解読に悪戦苦闘していた。

「ああー、なるほどね」

「いけそうか」

「当たり前だろ！　ひとっ飛びだ」

「もう一人乗せたいやつがいる」

「りょーかい。その代わり、明日の掃除代われよな」

私が一人じたばたしている間に、何やら話がよくわからない方向へ進んでいた。今、二紫名、「いけそうか」って言わなかった？

「ねぇ、さっきからなんの話をしてるの？」

一人だけ除け者にされて腹が立った私は、軽く二人を睨みつけた。

「まぁ見ていろ」

ニヤリと笑う、二紫名。

「見てろって、一体——」

その時、パン！　という音が境内に広がった。それが、クロウが手を叩いた音だと気づくのに数秒かかった。

というのも、瞬く間に白い煙がクロウをすっぽりと隠してしまったからだ。いや、クロウだけではない。煙は、隣にいた私たちにまで範囲を広げ、なおもモクモクと立ち上がっていく。

「ケホッ……なんなの、これ……」

咳き込みながらも、なんとか煙の外に出た。

目を凝らして見ていると、煙の奥からばさりと揺れる黒い羽が微かに見えた。なんだ、この前見た羽じゃないか。ただ羽を出すだけなのにこんな大掛かりな煙を出すなんて、迷惑なやつ。そう思った。

けれどもすぐに、この考えが間違いだと気づく。

大きいのだ。とてもクロウから生えているとは思えないくらい、その羽は巨大だった。

煙が引き、その全容が明らかになった時、私は息を呑んだ。

「二紫名……あの……これって……」

二つの羽。鋭いくちばし。全身を濡れたような黒に覆われて佇むその生物。それはまさに――。

「烏（からす）だな」

二紫名がさらりと、ごく自然にそう言った。

「クロウって……烏天狗だよね？」

「同じようなものだろう。細かいところは気にするな」

いや、烏と烏天狗は絶対に違うと思うけど……。しかし、あおとみどりの前例がある以上、ここで突っ込んでもどうにもならないことを私は知っていた。

目の前の烏は、全長十メートルくらいだろうか。境内の木々にぶつからないよう窮屈そうにその身を縮こまらせているので、実際は今目に映る姿よりずっと大きいのだろう。その背に大人五人くらいは乗れそうだ。

――ん？　乗れそう？

そこではたと気づく。さっきの二紫名とクロウの会話。まさか……。

「こ、これに乗って行くんじゃないよね？」

「今日は察しがいいな、その通りだ」

嫌な予感が的中。そんなこと、褒められても全然嬉しくない。

「あー！　おおきい烏さんなのー！」

「おおきいのー！」

　そこへ、騒ぎを聞きつけあおとみどりがやって来た。あっという間にクロウのそばまで駆け寄ると、興味津々といった様子で目を輝かせた。

「ねー、みんなでどこに行くのー？　あおも行きたい！」

「みどりも行きたい！」

「おまえたち、遊びに行くんじゃないんだぞ」

「わかってるもん！　いいよね、やえちゃん？」

「いいよね？」

「え？　えっと――」

　あおとみどりは返事も待たずにぴょんとクロウに飛び乗った。それを見た二紫名の「やれやれ」といった表情が可笑しい。いつもは、私が二紫名に振り回されてばかりだから、二紫名が誰かに振り回されている姿を見るのは新鮮だった。

「――ほら、行くぞ」

　あおとみどりに続いて、クロウの背中に登る二紫名。彼に手を差し出され、躊躇いながらもその手を掴むと、驚くほど軽々と引き上げられた。

　その背中は予想以上に滑らかで、どこかに固定されていないとたちまち落ちてしまいそうだった。もちろん、普通の烏同様、背中にシートベルトなんか付いているはずもない。

　先日あおに跨った時は、あおの首にしがみついていればよかったが、今回はそういうわけにもいかない。あおとは比べ物にならないくらい大きいクロウの首は、私が両手を目いっぱい広げたとしても到底納まりきらないのだ。

「ねぇ、どこに掴まればいいの……？」

掴まるところを探して彷徨う私の腕を、二紫名がふいに引っ張った。そのまま背中越しに二紫名を抱きしめる姿勢になる。

「え！　ちょ、ちょっと！」

「しっかり掴まっていろよ」

思わぬ密着に心臓がどくんと跳ねた。金木犀の甘い香りが鼻腔をくすぐり、くらりと目眩がした。無意識に抱きついた時は平気だったのに、いざこうして意識して抱きつくとこんなにも恥ずかしいなんて。どうか二紫名にこの心臓の音が聞こえませんように……。

「カァー！」

クロウがひと鳴きして、風が巻き起こる。鳴き声もやっぱり烏だ。その声に重なるように、二紫名が呟いた。

「——気を失うなよ？」

「え？　なんて言ったの……お!?」

二紫名の言葉を聞き返す暇もなく、突然クロウがはばたいた。急上昇し、加速する。気づいた時には目の前に美しい青空が広がっていた。ふと下を見れば神社が米粒のように小さく見える。そう、小さく……。

「ちょ、ちょ、ちょ、た、た、た、」

ちょっと、高すぎない？　そう言いたいのに口が上手く回らない。私は心の中で繰り返す。下を見るな下を見るな下を見るな。

「くくっ……おまえといると退屈しないな」

二紫名が楽しそうに笑った。


途中で祖父を乗せ、私たちは倶利伽羅峠を目指す。

最初は怖かった空の旅も、慣れてしまえば案外快適だった。あおに乗った時は、そのスピードについていけず目眩を起こしていたのだが、今回は下さえ見なければなんともなかった。むしろ風を切る感覚が心地いい。

見渡す限りの青空。永遠に続く群青が、二紫名の瞳を思い出させる。それを見ていると、「大丈夫だ」となぜかそう思えた。

「それにしても、僕まで乗れちゃうなんてね～」

祖父がしみじみと言った。

そこには私も驚いた。そもそも、なんでも通り抜けてしまうだろう幽霊を、「何かに乗せる」なんてこと、できるはずないと思っていたからだ。

けれども実際こうして私たちと同じように、クロウの背中に乗っている。ただし、風や揺れの影響を受けないので、どこにも掴まる必要はないのだが。

「普通は無理だな。妖だから、触れることができる」

二紫名の言葉。いつもはなんとも思わないけれど、今日は心にチクッとくる。人間と妖の違いを思い知らされる、瞬間。

「そういえば」

祖父が、ぼんやり空を眺める私の顔を覗き見た。彼の薄い緑がかった瞳が見開かれる。

「どうやってわかったんだい？　『約束の場所』」

「ああ、それは――」

私は祖父の一言に、母の言葉を思い出していた。


『――この場所ね、おじいちゃんがおばあちゃんにプロポーズした場所なんだって』

『プロポーズ……』

『なぁにあんた、本当に覚えてないの』

母は一瞬怪訝な表情を浮かべたが、そのまま続けた。

『おばあちゃんね、その時の景色が忘れられなくて、女の子が生まれたら、八重子と名付けようって決めたみたいよ』

生まれたのはお父さんだったけどね、と笑いながら付け足す。

『だめじゃん』

『ふふふ、そうね。でもね、その話を聞いて、じゃあ私が娘に八重子と名付けようって思ったの』

『感化されたの？』

『それもあるけど。ほら、おじいちゃんは若くして亡くなったじゃない？　だから、おじいちゃんの愛はちゃんと受け継がれているよって、八重子にあるよって、おばあちゃんに伝えたかったのよ』

　テレビ画面では、まだその景色が映し出されていた。女性アナウンサーが、『今日が最も見頃ですね』と興奮気味に語っていた。

『……本当に綺麗ね。この――』


「……い、おーい？」

　目の前で祖父が手をひらひらさせている。いけない、ついぼーっとしてしまった。

「あ、ごめんなさい。それはですね……秘密です」

　何か言いたげな祖父の表情。でもこれは、自分自身で思い出した方がいいことだ。

「見えてきたぞ」

　ふいに声がして、二紫名の背中から前方を望み見る。気づいたら、あのニュースで目にした景色が迫っていた。公園までの道に沿って、木がズラッと立ち並ぶ様は、圧巻としか言いようがない。

　私たちは、他に人がいないことを確認し、公園の前に降り立った。歩いている途中、また二紫名に「帰りは掴まるなよ」なんて言われると思ったが、彼は何も言わなかった。ただ眩しそうに目を細めて、目の前のそれを見ている。

やがて、私たちは誰に言われるでもなく足を止めた。いつもは騒がしいあおとみどりも、真っ先に私に絡んできそうなクロウも、この時ばかりは誰一人として口を開く者はいなかった。頬を撫でる風が、その花びらを私たちの元にそっと運んだ。

重なり合った枝に咲くは、どっしりと溢れんばかりの花たち。散り際の儚い桜と比べると、これは生命力に満ち満ちていた。花のピンクが、青空によく映える。

私の名前の由来、そして、祖父と祖母の大切な愛の記憶——。

胸が高鳴る。期待？　不安？　わからない。わからないが、ただ一つ言えることがある。

——私、この場所に来られてよかった。


母の声がリフレインする。

『本当に綺麗ね、この——』


「……この、八重桜」


いつまでも立ち尽くしているわけにはいかない。私たちには目的がある。

「これを、どうぞ」

再び祖父に手渡した、祖母の記憶の箱。きっと今度は上手くいく。私も、二紫名も、クロウも、あおとみどりも、みんなで祖父の動向を見守った。

祖父は、箱を指でゆっくりなぞった。カチリ、と鍵が開く音がした。そして辺りを眩い光が包む。

温かい。これが、祖母の、記憶。

しかし、それは一瞬のこと。次に目を開けた時には、箱を開ける前となんら変わりない景色が広がっていた。

「……あ、れ？　だめだったの……？」

「しっ！　静かに——」

二紫名が私の口元を押さえる。仕方なく「どういうこと？」と目で訴えると、二紫名は柔らかく笑い、その視線を祖父に移した。私もつられて視線を移す。

祖父は……——祖父は笑っていた。笑いながら泣いていた。

「……やっと、会えたね……」

ぽつりと小さく零す。その言葉はどこか嬉しそうで、それでいて懐かしそうに響いた。

私たちには何も見えない。だけど、祖父は確実に何か見えているようだった。そうそれはきっと、祖母の姿だ。

「思い出したよ、きみえ……君江だ、君江……」

祖父は何度も何度も、その名を噛み締めるように、愛おしそうに、呟いた。

「ああ、そうだった……僕たちはここで約束をしたんだったね」

一つずつ、散らばった記憶をその手で掴んでいく。どうしてこんなに大切なことを忘れていたんだろう。そう言って祖父は苦しげに眉を寄せた。

「僕が言ったことだったのに……。僕が死んだ後も、毎年ここでお花見をしようって。約束があれば、寂しくないだろう？　って……。なのに僕は、そのことを忘れてしまって……やっと今思い出せたのに、一足遅かったみたいだね……。この桜を一緒に見る前に、君は天国（あっち）に行ってしまった。君はずっと待っていてくれたのか？　一人ぼっちで、この桜を眺めていたのか？　毎年、毎年、たった一人で……。君江、君江……すまなかった……君江……」

祖父の懺悔だけが、静まり返った公園に響いた。

祖母はそこで聞いているのだろうか。祖父に話しかけているのだろうか。私には何も見えないし、聞こえない。だけど、そうであってほしい、そう願わずにはいられなかった。

「――そもそも僕はずるかったね」

祖父はそっと目を伏せた。いく筋もの涙が彼の頬を伝う。それは地面に落ちることなくサラサラと宙に消えていった。

「結婚を申し込んだ時も……僕はもうすぐ死んでしまうから残り僅かな時間を君と過ごしたい、なんて脅したりして……。君に仲良しの男の子がいたことを、知っていたのにね。君の優しい心を利用して、結婚したんだ。そのくせこんな約束をとりつけて、僕を忘れられないようにした。君は美しかったから、再婚だってできたはずなのに。……僕はずるい。

僕は君に何もあげられなかった。楽しい思い出だって、数える程しかないだろう？　僕と結婚しなければ、君は幸せに暮らせたかもしれないのに。寂しい思いなんて、しなかっただろうに。すまない、君江。今になって謝るなんて、もう何もかも遅いことはわかっているんだ。でも言わせてほしい……すまない、すまない……」

その時、祖父の瞳が大きく開かれた。そのまま困惑気味に口を開く。

「……なんで、君は笑っているんだい？　僕は酷いことをしたんだ、怒っていいんだよ？

……そうか、そうだね。君はいつも笑っていたね。辛い時も、悲しい時も」

祖父がふいに手を伸ばす。そしてゆっくり何かに触れた。

「……うん、わかってる。君の言いたいことはわかってるよ。これ以上、みんなに迷惑はかけられない。大丈夫、またあの世で会おう。今度はゆっくり、手を繋いで過ごそう

――」

祖父がそう言い終わるや否や、再び光が辺りを包む。カチリ、という小さな音が聞こえた気がした。

目を開ける。そこには空を見上げる祖父の姿があった。手元にあった箱はきれいさっぱり消えている。

「あの……」

思わず声をかけたが言葉が続かない。なんと言えばいいのだろう。これは、彼が望む再会とは言えないだろうから――。

「彼女はね」

言い淀んでいると、祖父が口を開いた。

「何も言わずに、ただひたすら微笑んでいたよ」

何も言わずに――。

「会話は……できなかったんですね」

「これは君江の記憶だからな。他人が開けたところで共有できるものではない。ただ開けた人物が一番関わりのあった、当時の姿が見えるだけだ」

「そんな……」

二紫名の言葉に胸がきゅうと締め付けられる。だって、それが本当なら、あの祖父の懺悔は本人に届いていないのだ。

「ああ、いいんだ。どうせ僕の自己満足だったんだ。今更謝ったってどうにもならない。彼女の時間は巻き戻せないんだから」

祖父が力なく微笑む。

違う、違うんだ。私は、はたと気づく。

私はずっと、祖父の想いが祖母に伝わって誤解が解ければいいと、そう思っていた。だけど、大切なのはそれだけじゃないんだ。祖父だって、誤解して傷ついている。祖母の想いを祖父に伝えること、これは、私にしかできないことだ。

「――謝る必要なんて、ないと思います」

気づいたら口から出ていた言葉。

「君江さんは……あなたのことをちゃんと愛していました！　ちゃんと、幸せでした！」

だって、駄菓子屋のおばあちゃんがそう言っていた。祖父が亡くなって、もういつ死んでもいいと思えるくらい、祖父は祖母の希望だった。

「だから、利用したとか何もしてあげられなかったとか、そんなこと言わないでください……！」

ただの優しさじゃない、同情じゃない。ちゃんと愛してあなたと結婚したんだよと、伝えたい、伝わってほしい。あなたと見たこの景色が、プロポーズされた瞬間が大切だから、『八重子』と名付けようと思ったんだよと、わかってほしい。

「僕と結婚しなければなんて、そんな、そんなこと――」

そんなこと、言わないで。あなたと結婚したから、私がいるんだよ。お願い、わかって――。

一瞬の静寂の後(のち)、彼は呟いた。

「……君は、不思議な人だね」

ハッとして顔を上げる。祖父の顔は、どこか晴れ晴れとしていた。

「ありがとう。そうだね、その通りだ。彼女の気持ちまで疑うなんて、どうかしていた」

ふふふ、と笑うと私をまっすぐ見つめる。その瞳に迷いはない。

「これを、君にあげるよ」

そう言って渡されたものは、祖母の指輪だった。

「これ……」

「約束しただろう？　僕はもうこの世に未練はない。彼女と……君江と桜を見られたしね。本物とは天国で会うよ。見つけられるかわからないけど、でも必ず捜し出してみせる。そして今度こそ、幸せにしてあげたいんだ」

祖父は静かに微笑むと、足元から段々と消えていった。さらさらと砂が落ちるみたいに。行ってしまう。とうとう顔だけになった時、彼は言った。

「君に……君に会えてよかった」

祖父が消えた後も、私たちはしばらく桜を眺めていた。こんなに穏やかな気持ちになったのは、久しぶりだった。願わくば、今度こそ二人、幸せになれますように。

「ねぇ、二紫名」

私は背を向け桜を眺める彼に、声をかける。

「おばあちゃんは『視える人間』だったんだよね？　ひょっとして、もし再会が実現してたら、おじいちゃんのことも視えたのかな」

「だろうな」

私は想像した。祖父がそのことを知った後どうするかを。……きっと、ずっと祖母にまとわりついて、成仏なんてしないだろうな。そう思ったら、なんだか微笑ましくなった。

「どうした？」

くすくす笑う私を、二紫名が不思議そうに見つめる。

「なんでもない。ほら、これ」

手の中の指輪。これを渡せばこの旅も終わりだ。あっという間だった。でも、楽しかった。

「あ、ああ……そうだな」

二紫名がゆっくり手を伸ばす。大丈夫、覚悟はできている。祖父を見て思ったんだ。私も祖母に会いたいって。会って話さなきゃならないことがあるって。

その手が触れた瞬間、指輪は姿を消した。無事、縁さまに届けられたみたいだ。

「……帰ろうか、神社へ」

二紫名がそう言う。私は心の中で呟いた。

二紫名、ありがとう。

＊　＊　＊

太陽が、沈む。それは即ち、一日の終わりを意味する。でも、そんな太陽の代わりに月がやって来る。月にとっては一日の始まりだ。だから終わりと始まりは、きっと、いつも一緒。

潤んだ赤い太陽は、まるで溶けたビー玉みたい。じわりと空に滲んでいく。そうだ、帰ったらラムネを飲もう。

「八重子」

神社の石段。最後の一段を上る前に、振り返って空を見上げた私を、二紫名が呼んでいる。今行く、そう言って前を向いた。この旅で目にする最後の夕焼けを、目に焼き付けたかったんだ。

二紫名は何も言わなかった。ただゆっくりと、拝殿に向かって歩いていく。私もそれに続いた。

夕日に染まる神社も、すごく綺麗だ。なぜか今になって、そんなことを思う。

「――ここで待っていろ」

二紫名は拝殿の真ん前に立っていた。もう私に、「参拝しろ」なんてふざけたことは言わない。それが少し、寂しい。

「縁さま。八重子を連れて参りました」

静かに話すその声は、いつもより引き締まっていた。

縁さま……とうとう会えるんだ。途端に鼓動が速くなる。私の記憶を盗った、張本人。

ゆらゆらと、陽炎のように空気が揺れた。

「へぇ、おまえが八重子か。二紫名から聞いてはいたけど、こんな小娘だったなんて」

奥から聞こえてきた声。しかし妙な違和感を覚える。だってこの声はどう考えても――。

揺らぎが徐々に落ち着いていく。そこに現れたのは、白い着物姿の少年だった。歳は十二、三だろうか、着物の色に同化してしまいそうなほど白い肌、長いまつ毛に薔薇色の頬と唇、きりりとした瞳にさらさらのミディアムヘアー。俗に言う『美少年』というやつだ。

「はじめまして。僕が縁だよ、八重子」

最後の最後にこんなサプライズが待っていたなんて。私はてっきり、縁さまは女の人だと思っていた。それがこんな……美少年だったとは。

「僕の道具を探してくれて、ありがとうね」

にっこり微笑む縁さま。ああ、なんて、なんて美しいんだろう。ついつい見惚れてしまう。

「それでなんだっけ？　記憶を返してほしいんだっけ？」

「あ、はい、あの、そうです」

緊張気味に答える私に、縁さまはくすりと笑った。

「本当は記憶を返すなんてこと、滅多にしないんだけどね。でも道具も探し出してくれたし、それにうちの狐が世話になったしね。じゃあ早速始めようか」

縁さまはそう言うと、自身の胸元でそっと手を広げた。その瞬間、手の中にぽわんと何かが三つ浮かび上がる。それはあの、ビー玉とオルゴールと指輪だった。

「八重子」

「は、はいっ」

縁さまは私たちの方へ足を進めた。縁さまの髪がふわりと揺れた——そう思った瞬間、彼の体が私の体をすり抜ける。

「ひゃっ……」

わかっていたこととはいえ、やっぱりこれだけは慣れない。

「何してるの？　こっちだよ。ついておいで」

固まる私を気に留めることなく、縁さまは淡々と呼び掛けた。


縁さまの後を追って辿り着いた先は、なんてことはない、この神社の入口である鳥居だった。ちょうど日が落ちたところだったのだろう、辺り一面青い光に照らされていた。ブルーモーメント、儚い瞬間。

遠くに虫の音が聞こえる以外なんの音もしない。しんと静まり返った中佇む鳥居は、どこか神秘的で、それでいて恐ろしい雰囲気を醸し出していた。どきんどきんと私の心臓の音が、耳の奥に響く。なぜだか無性に寒くて仕方なかった。

「——記憶を取り戻すには、手順があってね」

ぴんと張り詰めた空気を緩めたのは、縁さまの声だった。その優しい響きにハッとして、体に熱が戻ってくるのを感じた。

「記憶がなくなった当時の状況を再現しなければならないんだ」

それは思い出せるよね？　と首を傾げる。

「え、ええっと……――」

記憶を盗られた時……その時のことはよく覚えていた。

「――鳥居をくぐる瞬間、祖母の手を離してしまいました」

私の答えに縁さまは満足そうに微笑むと、「じゃあ今からそれを再現しよう」と言い放った。

「再現……ってどうするんですか？」

私と手を繋いでいた祖母は、もうこの世にいないのだ。縁さまは私の質問には答えずに、おもむろに三つの道具を取り出すと、それらを私を囲むように置いていった。ちょうど道具を頂点とした三角形の中心に、私が立つ形になった。

「あの……縁さま？」

着々と準備だけが進んでいって困惑する。二紫名といい、クロウといい、この縁さまといい、妖関係(このひとたち)はとことんマイペースらしい。

「君江はもういない。だから今回は二紫名にその役をやってもらう」

「え……その役って――」

さぁ、二紫名。縁さまがそう呼び掛けると、今の今までじっと黙って立っていた二紫名が、私のそばまで寄ってきた。そして――。

右手に感じる冷たさ。二紫名の左手が、私の右手をぎゅっと握る。途端に胸の奥が甘く痺れた。これまで何度となく彼と手を繋いできたというのに、なんでこんなにも心臓が高鳴るのだろう。もうすぐさよならだというのに……。

「今から僕が力を加えるから、八重子はそのまま歩きだして。鳥居をくぐった瞬間に記憶の道が開くからね。大丈夫、怖いことは何もない。落ち着いて前を見ると、目の前に八重子の記憶の箱が三つあるから、その場で開けるといい」

「……わかりました」

記憶の道がどんなものかはわからない。不安がないと言えば嘘になるけど、二紫名がついているから大丈夫だと、そう思えるのだ。

「一つだけ、注意してほしいことがある」

縁さまは、声のトーンをぐっと落とすと、真剣な表情で私を見た。

「居心地がいいからって、長居しないこと」

「長居……？　どういう意味ですか？」

「意味はそのうちわかるよ。もし、長居してしまうと、こっちには帰れなくなる。……だから、気をつけて」

そう言って、縁さまは手を胸の位置で合わせた。そして私に聞こえないくらい小声で、何かぶつぶつ唱えだす。

次の瞬間、私は目の前の光景に言葉を失った。静かで暗い神社が一変、赤い提灯に色鮮やかな屋台が現れた。しかもそれだけではない。屋台から香る焼きそばの匂いや、おじちゃんたちの声まで聞こえてくるのだ。あの夏祭りの景色が広がる。

呆然と佇んでいると右手がきゅっと引っ張られた。どうやら二紫名が「早く行くぞ」と言っているようだ。心の準備はもうできた。私はゆっくりと、一歩一歩慎重に鳥居への道を歩み始めた。

右足が鳥居の真下を通過した瞬間、私は意識が遠のいていくのを感じた。慌てて二紫名の左手を握る手に力を入れる。縁さまの嘘つき。怖いことは何もないと言ったじゃないか。

境内に立つ縁さまの輪郭がぼやけていく。意識を保つギリギリのところで、縁さまの声を耳にした。

「君江に『ありがとう』と伝えてほしい――」

＊＊＊

――温かい、とても。

空気のような、水のような、なんとも言えないモノに包まれている。初めてのことなのに、不思議と怖くない。もうずっと前からこの場所を知っているような、そんな気がする。

「八重子」

二紫名に呼ばれ、目を開けた。しかし今声を聞いたばかりだというのに、肝心の二紫名の姿が見当たらない。

というか、全く何も見えないのだ。視界に映るのは、ひたすら霧のような白いモヤ。白分が立っているのか浮いているのかもわからない。

「に、にしなー……」

呼びかけるも、応答はない。少なくとも、近くにはいないみたいだ。はぐれてしまったんだろうか。

急に心細くなる。思えば今まで、どんな場所に行くのもいつも一緒だった。私はただ、二紫名について回るだけ。そう思ったら、なんだか自分が情けなくなってきた。

――私のことなのに。

だめだ、こんなんじゃ全然。私は唇をきゅっと結ぶ。他人(ひと)に頼るんじゃなくて、自分でなんとかしないと。これは私の、私だけの物語なんだから――。

意識を改めたら、目の前のモヤが急に晴れてきた。不思議。まるで私の心みたいだ。

『目の前に八重子の記憶の箱が三つあるから――』

縁さまの言う通り、目の前には箱があった。しかし三つではない、二つだ。二つの箱が宙に浮いていた。

「……おかしいな」

どこからどう見ても二つの小さな箱。縁さまが間違えた？　そんなことがあるのだろうか。神様が間違えるなんて。

「まぁ、仕方ないか」

とにかく、今ここにあるのは二つなんだから、とあまり気にせず片方の箱を手に取った。ずっしりと重い、私の記憶。手放しちゃってごめんね。時間がかかったけど取り戻しに来たよ。私の中に、帰っておいで。

深呼吸してゆっくり箱を開いた。眩い光が私を包む。そして――――。

『つぶらぎやえこです。よろしくおねがいします』

たどたどしい挨拶が聞こえる。

教室の一番前、黒板を背にしてぺこりとお辞儀する少女が見える。顔を上げ、一点を見つめる少女の瞳は、緊張気味に潤んでいた。震える手を後ろに隠し、先生が横で説明するのをモジモジと聞いている。

これは、私だ。見た目からして小学校低学年だろう。そうか、これ、私がこの町に来た時の記憶なんだ。

私はそんな「過去の私」を、まるで自分が幽霊にでもなったかのように、外から見ていた。誰も私には気づかない。なんだか変な感じだ。

一つの思い出がそっと幕を閉じる。代わりに、新しいシーンが私の目の前に広がった。

誰もいない、薄暗い教室。机に突っ伏す一人の少女。長い前髪を一つにまとめ、横に垂らしている。そんな少女に、さっきより少しばかり成長した私が声をかけた。

『――ねぇ、小町』

少女はのっそり体を起こすと、何も言わずにうっすら赤い目元をこすった。泣いていたのだろうか。その顔は化粧っ気こそないが、今でも素顔はあまり変わらないだろう。

――小町だ。これはきっと、小町との記憶なんだ。

『あんなの、気にしなくていいよ。小町いつも私に言うじゃん。あいつらの言うことは気にすんなって。からかって楽しんでるサイテーなやつなんだからって。いつもみたいに、うるさいなーって蹴散らしちゃえばいいのに』

『わかっとるけど――』

小町は一瞬キッと前を見据えたものの、やがて視線は、まるで重力に逆らえなくなったかのように、下へ下へと落ちていく。

『……悔しいやん』

遂には机を睨んで、ぼそりと呟いた。

『……うん』

私は小町の前の席に座り、天井をぼんやり見つめた。私が何も言わないのが意外だったのか、小町は顔を上げて目を見開く。

『ねぇ……！　どうしたら女の子らしくなれるんかな？』

小町の悩みは予想外のものだった。たしかにこの時の彼女は今と違って、格好も声の調子も少年っぽさが感じられる。でもまさかそのことに悩んでいたなんて。

『女の子らしく？　小町は十分女の子だと思うけど』

『でもあいつら言っとったやん。お前なんか男だって。女らしさのかけらもない、暴力男だって』

『だからそれは気にしなくていいって……──』

『違うげん、やっちゃん！』

ひときわ大きな声で叫ぶ小町。その瞳は潤んでいた。

『私……わかっとるげん。自分が女の子らしくないってこと。いつも男子と喧嘩して傷ばかり作って……。わかっとるから悔しいげん。あいつらに本当のこと言われたんが……』

小町は一息にそう言うと、悔しそうに唇を噛んだ。

『じゃあさ、料理しない？』

『……え？』

私の言葉に小町は、目を丸くした。

『ほら、服とか持ち物を変えるにはお金がかかるでしょ？　でも料理だったら家でお手伝いがてらできるし、お金がかからないよ』

『で、でも……』

小町が言葉に詰まるのも当然だと思う。私はよくわからない提案に首を傾げつつ、二人の様子をそっと見守った。

『おばあちゃんがね、女の子らしさっていうのは目に見えないところから始まるんだよって』

『目に見えないところ……？』

『つまり、内面を磨けってことだと思うんだけど、料理だったら内面を磨くことにならないかな？』

『…………』

小町は自身の両手をじっと見つめて不安げに眉を寄せた。きっと料理なんてしたことがないのだろう。数秒の沈黙。それを破ったのは「あはは」という、私の能天気な笑い声だった。

『――っていうのはただのこじつけで……実はね、私今、おばあちゃんに料理を教わってるんだ。女の子やし料理くらいできるようにならんとーって。でもさぁ、全然上達しなくって最近嫌になってきちゃったんだよね』

私は悪戯っぽく、ぺろりと舌を覗かせた。

『だからね、もし小町が嫌じゃなかったら、一緒に料理習ってくれないかなー？　一緒だと私も助かるなー……なんて』

『わ……私にもできるんかな』

『私より器用だもん、小町ならできるって。それにね、おばあちゃんも小町がいてくれたら喜ぶと思うんだよねぇ……』

小町は机の一点を見つめて考え込んでいるようだったが、やがてパッと顔を上げると力強い瞳で私を見つめ返してきた。

『……やっちゃんと円技のおばあちゃんが喜ぶなら私……やってみようかな』

『本当？　嬉しい！』

　はしゃぐ私はその勢いで椅子から立ち上がり、ぴょんと跳ねた。

『やっちゃん……ありがとう』

　小さく響いたその言葉は、だけど喜ぶ私には届いていないようだった。小町の顔は、さっきまでの憂鬱な表情が嘘のように晴れ晴れとしていた。

　そうか。そうだった。この後二人して祖母に料理を習ったんだった。一向に上手くならない私に対して、小町はめきめき上達していったんだ。

　二つ目の思い出が幕を閉じ、代わりに新しい思い出が広がっていった。


　学校の階段の踊り場。膝を抱えてうずくまる少年が一人。私は、背後からその少年に近づき、ゆっくり隣に腰を下ろした。

　少年は私の気配に気づいたのか、びくりと体を震わせ、素早く顔を上げる。今より華奢で小柄だが、間違いない、彼は昴だ。

　今度は、昴との記憶なんだ――。

『涼森くん、こんなところで何してるの？』

　私が、昴に声をかける。

『別に……なんも』

昴は伏し目がちに呟いた。

『なんもって……みんなと遊ばないの？　昼休み終わっちゃうよ？』

『そんなん、円技さんに関係ないやろ』

棘のある言い方。それが今の昴からは想像できなくて、些か呆気にとられる。

『ふぅん』

意外にも、私はその場から立ち去らなかった。そのまま何も言わず、昴の横に座っている。

二人とも黙ったまま数分が経過した。先に焦れたのは昴の方だった。

『ねぇ、なんで何も言わんの？　ふつうは、どうしたの？　って聞くもんじゃないんけ？円技さん、変やよ』

『聞いてほしいの？』

『………………』

『おばあちゃんがね、悲しんでる人がいたら、何も言わずにそばにいてやれって』

『えっ…………』

そしてまた、沈黙の時間が訪れた。けれどもさっきのような、息が詰まるほどの重みはない。昴は目玉をきょろきょろ動かして、困惑している様子だった。

『……僕さ』

小さな声を絞り出す。昴、少し震えている。

『僕、教室に居づらくって』

『へぇ?』

『あ、いじめられてるわけじゃないんやけど。ただちょっと……何か言ったらおちょくられたり、とか……』

『いじめじゃん』

『い、いや、僕も悪いげん。僕が小柄で弱っちくて本ばっかり読んどるから……』

庇うような昴の言い方に、私は不満そうに眉を寄せた。

『なにそれ。涼森くんの方こそ変だよ。小柄なのは涼森くんのせいなの? 弱っちくて誰かに迷惑かけたの? 本を読んでいたらだめなの?』

私の言葉に昴は目を見開く。そして、また顔を伏せると、小さく、本当に小さく呟いた。

『だめじゃ、ない……』

私はふぅ、と息を吐くと、ポケットから一枚の紙を取り出した。何かのチラシのようだ。

『バスケ、しない?』

『えっ?』

突然の提案に、昴は頓狂な声を上げた。見ているこっちも思わず変な声が出る。この頃の私、一体何を言っているんだ。

『あのね、私スポーツしたくって。そしたらお父さんが探してくれたの。隣町でバスケのクラブがあるんだって』

『え、えっと……』

『多分、この町の人はいないと思うよ』

そう言ってにっこり微笑むと、ちらしを昴に強引に手渡した。

『あ、の……円技さん、どういうこと？』

昴と同じく「どういうこと」という言葉が喉まで出かかった。それをぐっと呑み込んで二人を見守る。

『おばあちゃんが、悔しかったらほかのことで見返せって』

『……え』

『バスケ上手くなったら、きっと誰もいじめないよ』

『そう、かな……』

『男子ってそういうもんじゃない？　自分よりできる人、いじめないと思う』

『……………』

まだ腑に落ちない、といった感じで小首を傾げる昴。

『それに、何か一つでも誇れるものがあると、人って強くなれると思う』

昴の瞳が、僅かに揺れた。

もう一度チラシに目を落とし、隅から隅まで読んでいく。次に顔を上げた昴は、怒ったような表情で、チラシをぎゅっと握りしめた。決意の表れだ。

『僕、やる、やりたい』

『うん、じゃあ一緒にやろう。それ、申し込みしといてね、昴』

『え……？』

目を丸くする昴。そんな昴に、私はくすりと微笑んだ。

『だって同じクラブに入るんだよ？　もう友達じゃん。私のことはやっちゃんって呼んで』

『え……あ……う……ん』

じゃあまたね、そう言って階段を駆け下りる私の背中を、昴はじっと見ていた。そしてその姿が見えなくなる直前、慌ててこう言った。

『や、や、やっちゃん！　あ……ありがとう』

そうだ、そうだった。一緒にクラブに入ったものの、行き帰りの電車の移動が段々と億劫になって、結局私だけ途中で辞めちゃったんだった。

三つ目の思い出が幕を閉じる。そしてまた、たくさんの思い出たちが私の目の前に映し出されていった。


そうだ、私たち三人はいつも一緒だった。

算数がわからないと嘆く私に、昴はいつも丁寧に教えてくれた。男の子なのに髪がきれいな昴は、私の理想だった。

小町は私に、逆上がりの仕方を教えてくれた。「そんなのもできないなんて」ってからかわれる私を庇って、いつも男子に喧嘩を吹っかけてたっけ。私が「もういいよ」って言うまで追いかけ回して、ついには男子を泣かせてた。

遠足も、楽しかったな。三人でこっそりおしゃべりしながら歩く道のりは、全然苦じゃなかった。

運動会、私たちのチームが優勝したんだっけ。あ、小町がはしゃいでる。

夏休み、ちょっと遠出して隣町の海に行ったんだ。軽い冒険のつもりだったけど、みんな親に内緒で行ったから、後で怒られたんだっけ。

そうそう、冬になると、みんなで大きなかまくらを作ったっけ。こうして見ると、昴の担当した部分だけ、やけに綺麗で面白い。性格出るなぁ。

いくつもの、煌めき。どの思い出も、大切なものばかりだったのに。忘れていい思い出なんて、一つもなかったのに。

光が収まり、手の中にあったはずの箱は、気づいたらなくなっていた。

私は、思い出たちの残り火を手の内に大切に閉じ込める。それはまるで、祈りの姿勢のようだった。

二人とも大好きだ。私の大事な友達。忘れていてごめんね。

そっと手を開く。友達との思い出が、私の中に帰ってきた。とすると、もう一つの箱は

――。

息を大きく吸って、そしてゆっくり吐く。それだけ。それだけだけど、心を落ち着かせるのには十分だった。

「おばあちゃん、待っててね」

私は、もう一つの箱を開けた。

『なんもない田舎で、ごめんねぇ』

優しい声。ゆったりとしたテンポ。灰色のショートヘア。青白い血管が浮き出た、小さな手。目尻に皺を寄せて笑う、その顔——。

その何もかもが懐かしい。おばあちゃん。

ああ、おばあちゃんだ——。

つばの広い帽子を目深にかぶって床を見つめる小さな私に、祖母はその手をそっと差し出した。

『八重子。今日からよろしくね』

その言葉で私はやっと祖母を見る。そうだ、ゆっくり重ねた手が温かかったのを、今思い出した。

祖母に連れられて家の中に入る。間取りや家具は、今と変わらない。一つ違うことといえば、その生活感だろうか。机の上に置かれた湯呑み、色褪せたカレンダー、電話の横に置かれたままのメモ帳、そのどれもが、祖母がこの家で生活を送っていることを示していた。

『わ！』

　私が突然驚きの声を上げた。

『たたみだぁ！』

　大きく深呼吸して目を輝かせる。その行動が今の私と同じで、思わず笑ってしまった。

『畳が珍しい？』

『うん！　ちっちゃいのしか、見たことない！　こーんぐらいの』

『ふふ……そうなんや』

　こーんぐらい、と言いながら、手でその範囲を示した。恐らく、こんなに広い畳敷きの居間は初めて見た、と言いたいのだろう。祖母は私の言葉を理解しているのかいないのか、にこにこと楽しそうに笑っていた。

　まだ肌寒い、春の日だ。これが、祖母と初めて会った日の、記憶だ。


『あらあらどうしたん？』

　うるさいくらいの蝉の声が、室内に響き渡る。そんな中、半袖半ズボンの私が、気だるげに机に突っ伏していた。どうやら季節は夏に変わったらしい。

『つまんない……』

　大きな扇風機が、忙しなく首を動かしている。机の上には何か描きかけの落書き帳。半分程の長さになった色鉛筆。お絵描きに飽きてしまったのだろう。

『困ったねぇ………そうやわ』

　そう言って、祖母は台所に消えていった。次に居間に現れた時に手にしていたものは、あの田中駄菓子店のラムネだった。

『それなぁに？』

『ふふふ、見ててごらん？』

　祖母は中身のないラムネの蓋を器用に外すと、中からビー玉を取り出した。無色だと思っていたものが急に色をなし、私は目を丸くする。

『赤色だぁ！』

『綺麗でしょう？　全部で七色あるんやって』

　ポケットから取り出したいくつかの透明なビー玉と一緒に、その赤いビー玉を畳の上に置いた。

『ほら、こうやって遊ぶんやよ』

　赤いビー玉を指で弾く。コンコンとぶつかり合う音がして、その内の一つが弾き飛ばされ畳の外に出た。

『このへりの外に出たから、これはおばあちゃんのもの』

『わたしもやるー！』

　初めて見る遊びに、私は目を輝かせていた。そうして二人して、夢中になってビー玉で遊んでいたのだが、しばらくして、私は何か思いついたのか口を開いた。

『七色あるんでしょ？　他の色は？』

たしかにそこにある色付きのビー玉は、赤色だけだった。

『他の色はまだないげん。おばあちゃんが今度探しとくね』

『うん！』

無邪気に喜ぶ幼い私。そうだった。ビー玉の色をそろえたくて、私が祖母にねだったんだ。

祖母が目を細めて私を見ている。

『嬉しかったのさ』二紫名の言葉が頭の中に響いた。

窓から見える木々が、すっかり裸になっていた。冷たく吹く木枯らしと共に、雨がガラスを叩く。秋の終わりを感じさせるその光景を、小さな私は居間に寝転がって見上げていた。

『どう？　まだ熱はあるけ？』

祖母がそんな私の横に座り、手を額にあてる。水仕事をしていた祖母の手は、ひんやり気持ちがよかったっけ。

『熱いね……。昨日、雨に濡れながら遊んどったから』

『……おばあちゃん、私もうだめかも……死んじゃうかも……』

真っ赤な顔をして瞳を潤ませる私。その様子から熱がかなり高いことがわかる。

『馬鹿なこと言わんの。おばあちゃんがついとるから、大丈夫や』

半ば無意識に差し出したであろう手を、祖母がぎゅっと握る。

『今日は卵のお粥さん、作ってあげるね。あとで林檎もすりおろしてあげる』

『うん……卵のお粥……すき……』

『夜ご飯までこうやって手を握っててあげるから、だから安心してお眠り』

その直後、私はゆっくり目を閉じた。祖母はその言葉通り、私のそばを片時も離れなかった。

そうだ。祖母は私が風邪をひいたら、よく卵のお粥を作ってくれたんだ。出汁が利いておいしいやつ。どんなに食欲がなくても、それだけはいつもぺろっと食べられちゃうんだよね。


祖母とのたくさんの思い出が蘇ってくる。

授業参観、一人だけ着物姿で見に来たんだっけ。ビシッと着こなしてて、格好よくて、なんだか誇らしかったな。

そうそう、よくここの道を散歩したね。手を繋いで歩いた道。あそこにタンポポが生えてて、よく綿毛を飛ばしたんだ。

祖母の作る料理、実は苦手だった。野菜の煮物とか、煮魚とかばっかりで。ああ、でも、あんな小さな魚の骨を取っていたなんて。私のために。

学校に行く時、私の姿が見えなくなるまでずっと外で見送ってくれていたね。振り返るといつも手を振ってくれた。それが嬉しくて、私は何度も何度も振り返るんだ。

春夏秋冬、毎日、どんな時も、祖母は私の味方だった。

時には友達のように、時にはお母さんのように、時には先生のように、私のそばにいてくれた。どんな話も聞いてくれた。たくさんのアドバイスをくれた。

それは、なんて、なんて尊いんだろう。

そして私は、なんて愚かなことをしてしまったんだろう。

こんなに濃い時間を共に過ごしたのに、私はすっかり忘れてしまって祖母のことなど考えもしなかった。亡くなるまで電話一本もかけなかった。病気の話を聞いた時も、何も思わなかった。

それに……——それに、亡くなった時も「なんでこんな時に」って思ったんだ。

私は……私は………。

記憶の光が徐々に弱まっていく。きっと次に見る記憶が最後だ。そう感じた。

ほの暗い道を歩く。少し成長した私は、その右手を祖母の左手と繋いでいた。

この日は特別な日。白地にピンクの桜模様が入った可愛らしい浴衣が、それを物語っていた。

　そう、これは、夏祭り(あの日)の記憶だ――。

　街灯の灯りがほとんどないので、祖母の手が頼りだった。しかしそれも、神社の近くまで来ると必要なくなった。神社の石段に沿うようにして設置された提灯が、幼い私と祖母を照らす。

『決して手を離してはいけないよ』

　あ……この言葉――。

　聞き覚えのある言葉が祖母の口から飛び出し、ハッとした。

『なんで？』

『それはね、神様が八重子の記憶を盗っちゃうからや』

『なにそれ。なんで盗っちゃうの？』

『神様は、とっても寂しがり屋だからや』

『……よく、わかんない』

　そうだ。私はこの時、子供騙しの物語を聞かされたと思っていたんだ。もう子どもじゃないのに、そんな風に無理やり理由をつけて手を繋がなくたっていいのにって。

　祖母と幼い私は、並んで石段を上がっていった。それを今の私が、後ろからそっと見守る。

　鳥居が見えた時、どきん、と心臓が跳ねた。ここだ。ここをくぐった時、記憶が盗られたんだ。

その瞬間を自分自身の目で見るのは、やっぱり怖かった。でも見なきゃ。この目で、ちゃんと。

『やっちゃーん！　こっちこっちー！』

小町の声がする。人混みに紛れて、小町と昴の頭が見えた。

そして次の瞬間――。

あっ……だめ……！

そう思ったのもつかの間、小さな私は祖母の手を振り払って走り出していた。

『八重子……！』

祖母の手が伸びる。しかしその手は私の手を掴むことなく、虚しく空を切った。そして祖母は、そのままがくりと崩れ落ちる。

祖母の顔はひどく青ざめていた。まるでこの世の終わりを見たかのように、悲痛な面持ちをしている。

こんな……こんな表情をさせていたのか……祖母に。その事実が、今の私の心に鋭い棘となって突き刺さる。

『きゃっ』

その声に急ぎ幼い私の方を見ると、今まさに鳥居をくぐったところだった。しかしどうしたことか、突然その場でうずくまってしまった。

祖母がゆっくりと私に近づく。その足取りは、重い。そんな祖母より早く、小町と昴が駆け寄ってきた。

『やっちゃん、大丈夫？』

『大丈夫？　どうしたの？』

二人の心配する声に、私はよろよろと立ち上がると、こう言った。

『……ごめんね、立ちくらみかな……？』

そうだ、覚えている。なぜか私、神社の夏祭りに来てるなって思ったんだ。まるで夢の中のように朧気で、小町と昴のこともハッキリ思い出せなかったけど、まぁいいかってあまり気にしなかった。

この時の祖母は、怒っているような泣いているような、そんな顔をしていたんだ。だからずっと、祖母のことを怖い人だと思っていた。だけど——。

小町と昴に連れ立って歩く私を、後ろから見守る祖母。そんな四人の姿がゆっくりと人混みに消えた。私はそれを見送りながら、唇を噛んだ。

祖母は怖い人なんかじゃなかった。とても優しかった。……とても。

「おばあちゃん……！」

気づいたら私は叫んでいた。もう祖母の姿は見えないというのに。叫ばずにはいられなかった。

胸が苦しい。どうしてあの時手を離してしまったんだろう。なんでもっと、祖母の話を真剣に聞かなかったんだろう。

どんなに悩んでも、事実は、後悔は、消えない。

見ている景色が、少しずつ白い光に蝕まれていく。消えていく。……終わってしまう。

『後悔は尊い』

『ここから始めればいいんだ』

二紫名の声が、聞こえた気がした。

そうか、そうなんだ。私、まだ何も伝えられてない。伝えたいんだ。自己満足でもいい、祖母に「ごめんね」って、伝えたいんだ。

会いたいんだ、祖母に――。

「ま、って……待って……待って、行かないで……」

光に覆われて小さくなった記憶に向かって、手を伸ばす。お願い、どうか、祖母に会わせてください。

お願い、お願い。そう心の中で繰り返している内に、私は意識を失った。

＊　＊　＊

目を開ける。視界に広がるのは、祖母の家の私の部屋の天井だ。まだぼんやりとした頭で考える。私、何してたんだっけ。

たしか、私の記憶を外から見ていたはずだ。じゃあこれも、私のいつかの記憶なのだろうか。体を起こすと周りを見渡した。

しかしどうしてだろう、目に映る景色に違和感を覚える。部屋中見渡しても誰もいないのだ。私の記憶なら、小さな私がいて、誰かと何かしているはずなのに。

ならばこれは、記憶の中ではないのかもしれない。記憶の道から戻ってきた私を、誰かが部屋まで運んでくれたのだ。

それにしても少し変だ。私は床に敷かれたふとんの上で寝転がっていた。いつも使っているベッドがないのだ。

一つわかることは、今までとは確実に様子が違うということだ。静寂に、私の心音が響いた。

とにかくここにいてもしょうがない。誰かほかに、人を探さなくてはいけない。

私は意を決して立ち上がった。部屋を出て階段を下りる。ぎしぎしと軋む音が響く中耳を澄ますが、話し声は聞こえてこなかった。

――やっぱりおかしい。誰もいない？

そっと、居間へと繋がる扉に手をかけた。ごくりと喉を鳴らし、思い切り開ける。

その瞬間目に飛び込んできたのは、窓から覗く燃えるような夕映え。そしてそれを眺めるようにして座る、背中だった。

少し丸まって小さくなったその背中は、見覚えがあった。祖母だ――。

祖母の他には誰もいない。私は恐る恐る近づいていく。おかしい、今までは一定の距離からしか見ることができなかったのに。

そう思っていると、祖母がゆっくりこちらを振り返った。

祖母が私を見て微笑んでいるような気がする。

――私のことが見えている？　そんなまさか。

どうすればいいかわからずじっと立っていると、祖母の口元が静かに開いた。

「大きくなったねぇ、八重子」

それは、間違いなく私に向けられた言葉。過去の私ではない、今の私のために紡がれた言葉。期待は、現実のものとなって現れた。にわかには信じがたいが、祖母は私を見ている。今の、私を。

「……お……ば……あちゃ……ん」

気づいたら祖母の元へ駆け出していた。会えた、会えたんだ。もう会えることなど叶わないはずだった、祖母に。

言いたいことはたくさんあった。けれども私から零れ出るのは、どうしようもない嗚咽と涙だけだった。

「あ……あ…………う……」

格好悪くたっていいんだ。もう十六歳だとか、そんなことは気にしない。私は、祖母の細く頼りない膝に飛び込んでいた。

「おばあちゃん……ごめんね……ごめんねぇ……！」

祖母に触ることができる。祖母の手が優しく私の頭を撫でる。もうずっと忘れていた、この感触、匂い。けれどもこうやって会えば思い出す。着物が入った古い箪笥の中の匂い、それが祖母の匂いだった。

とめどなく溢れ出る涙が、祖母の膝を濡らす。

「おばあちゃん……私が……私があの時おばあちゃんの言うことをちゃんと聞いていたら……。私が手を離さなければ……駄菓子屋のおばあちゃんとか、てっちゃんのこと……忘れずに済んだのに……。私のせいで……大切なものをなくしてしまって……ごめんね……」

支離滅裂な言葉たち、自分でも何を言っているのかわからない。けれども伝えたいんだ、この思いを。

「それに……それに私はおばあちゃんのことすっかり忘れて……あんなに、あんなに良くしてくれたのに……。おばあちゃんがどんな思いで過ごしてきたとか、全然、わかんなくて……知ろうとしないで……。今まで、ずっと連絡しないで……会いに行かなくて……寂しかったよね？　悲しかったよね？　ごめんね、おばあちゃん……。おばあちゃんのこと忘れちゃって、ごめんね……ごめんね……！」

ごめんねと、何度も何度も繰り返す。どれだけ言っても足りなかった。そしてどれだけ言っても、私のしたことは許されることではない。そんなのはわかっている。けれども私の心の中は、勝手に溢れ出してしまう程「ごめんね」で埋め尽くされていた。

「――八重子、やーえこ」

祖母の声が頭上から降ってきた。顔を上げると、優しい瞳で私を見つめる祖母と目が合った。ああ、そうだった。祖母はいつだって、私を優しく見守ってくれていたんだ。

「あのね、おばあちゃんはね、八重子のことが大好きなんやよ」

祖母はふふ、と笑うと私の頬を伝う涙をその手でそっと拭う。

「大好きっていうのはね、八重子のためならどんなことだってできるっていうことなんや」

わかる？　と言うと、私の顔を覗き込みながら、その目尻の皺をより一層深く刻んだ。

「おばあちゃんね、八重子に会えてよかった。本当にそう思う。だからね、八重子のためにしたことに何一つ後悔なんてしてないげん。八重子が謝る必要なんて、これっぽっちもないんやよ。八重子、生まれてきてくれて、ありがとうね。おばあちゃんのところに来てくれて、ありがとう……大好きや」

そう言うと、私の手を両手でぎゅっと握った。

「あらぁ、またこんなに冷たい手をして。おばあちゃんが温めてあげるね」

それは祖母の口癖だった。握った手から、祖母の温もりが広がっていく。私を丸ごと包み込んでいく。

ようやく気づいた。言うべきことは「ごめんね」じゃなかったんだ。私は涙と鼻水でぐちゃぐちゃになった顔でこう言った。

「ありがとう……おばあちゃん、大好き――」

外はすっかり日が暮れて、暗闇が昼間見えていた景色をみな隠してしまった。

「暗くなっちゃったね。もう寝る時間？」

「ふふ、今日は特別、まだ寝んよ」

私たちは寄り添って、空に浮かぶ朧月を見ていた。

ここにいる祖母は、本物の祖母じゃないのかもしれない。だって本物は天国に行ったはずだから。これは私の記憶の中のあの当時の祖母で、つまり、都合よく夢を見ているにすぎないのかもしれない。でも、いいんだ。こうして会えたんだから。

「あのね、私おばあちゃんに話したいことがいっぱいあるよ」

「なんやろう。話してや」

そして私はたくさん話をした。向こうでの暮らしのこと、父が急に田舎に戻ると言ったこと、こっちでの暮らしに最初はとても戸惑ったこと。そして……――二紫名と出会ったこと。

祖母はその全部の話を、頷きながらにこにこと聞いてくれた。

「あの狐ちゃんがねぇ。八重子は、すごい冒険をしたんやね」

「すごいってほどの冒険はしてないよ」

苦笑いで答えながら、ふと気になった。そういえば、祖母は二紫名や縁さまとどういう関係なんだろう。縁さまの口ぶりからして、祖母がただお供えをしたとは考えられない。もっと深い関係のような……。

「ねぇ、おばあちゃん。おばあちゃんは、なんで縁さまにお供えをしたの？」

「お供え？　ああそうか、あれはお供えになるんやね」

祖母はくすくす笑うとそっと教えてくれた。

縁さまと祖母は『友達』だったということを。

祖母は、それこそ私がここに来ていた頃から度々神社を訪れては、縁さまとお話ししていたらしい。それは他愛もないことで、でもそれがいいのだと、縁さまが仰ったそうだ。

私や父、祖父との思い出を語るためにあの道具を持っていったところ、縁さまに「借りるね」と言われたらしい。と、いうことは、縁さまはそのまま「借りパク」したということか。

結局なんで祖母の持ち物に力が秘められていたかはわからないが、なんともはた迷惑な話だ。けれどもその道具があったから、私は今こうやって祖母に会えているわけで……複雑な心境だった。

「いろいろあったけど、でもまたこうして八重子に会えた。縁くんには感謝しなきゃいかんね」

感謝――その言葉には違和感を覚えるが、まぁいいか。祖母が嬉しそうなんだもん。

「そういえば、縁さまがおばあちゃんに『ありがとう』って。そのことだったんだね」

「いつか渡した持ち物返してねって、伝えておいてね」

私と祖母は目を合わせる。まるで時が戻ったみたいに、二人して笑い合った。

楽しい時間はあっという間だ。ひとしきりしゃべった後、祖母はふと寂しそうに表情を歪ませて、やがてぽつりと呟いた。

「八重子、そろそろ帰らなきゃいかんね……」

どきん、と心臓が波打つ。

嫌だ、嫌だよ。まだまだ話したいことがあるんだ。足りないんだ、全然。もっと一緒にいたい。

何も答えない私に、祖母は優しく囁いた。

「……ほら、あそこにお迎えが来とるよ」

お迎え――？

視線を移すと、窓の外の景色がぐにゃりと歪む。その中心に、今まで見当たらなかった二紫名の姿が見えた。

「――えこ、八重子、帰るぞ」

そうだった。縁さまからの注意事項を思い出す。『長居してはいけない』『帰れなくなる』そんなことを言っていたっけ。でも――。

私は祖母の方をちらりと見た。これで帰ってしまったら、本当にもう会えないんだ。やっと……やっと祖母のことを思い出して、こうして会えたというのに。

「おばあちゃん、私――」

「八重子」

祖母が私の言葉を遮った。その瞳は迷いなく、まっすぐ私を見ている。

「八重子、おばあちゃんはね、いつも八重子のことを見守っとるよ……ここに、おるよ」

そう言って、私の胸を指で軽く叩いた。

「寂しくなったら目を閉じてごらん。もう思い出せるやろ？　お別れなんかじゃない。これからは、いつも一緒や。だから、大丈夫」

いつも、一緒――。

「八重子、みんな待ってる。帰ろう、みんなの元へ」

二紫名が言った。

友達、妖たち、商店街の人たち、そして父と母――みんな、みんな待っているんだ。そうだね、私の居るべき場所はここじゃない。

――……帰ろう、元の世界へ。

「おばあちゃん、私……帰るね」

祖母は満足気に頷くと、私の頭を再び撫でた。

二紫名と手を繋ぐ。「今度ははぐれないでね」と言うと、彼はニヤリと笑い、握る手の力を強めた。

帰り方なんてわからなかった。けれども、そうやって二紫名と手を繋ぐと、自然と光が溢れ出した。足元からだんだんと、光に呑み込まれていく。

「おばあちゃん……」

私はこの光景を、祖母の姿を、目に焼き付けた。もう絶対忘れないように。

「それにしても、八重子は本当に綺麗になったねぇ」

祖母は嬉しそうに目を細めると、しみじみとそう言った。これが、祖母の最後の言葉だった。

私はてっちゃんの言葉を思い出す。そしてふふっと笑みを零すと、祖母にこう告げた。

「――おばあちゃんに、似たんだよ」

＊　＊　＊

「――ちゃーん！　やえちゃやーん！」

「おいっ……おい八重子！」

声が聞こえる。この声は――。

ハッとして目を開けると、心配そうに私を見下ろすクロウ、あお、みどりの姿があった。

「起きたア！」

「起きたア！」

「お、おい、大丈夫か？　こんなところで倒れてるから、心配したんだぞ？」

倒れている——？

背中が硬い、石畳の感触。そうか、私、鳥居をくぐった後そのまま倒れていたんだ。

「あのねーやえちゃん、クロちゃんったらね、泣いたんだよー」

「泣いたんだよー」

「う、うるさいっ！　ハモるな！」

「……ふ、ふふふ」

「あれっ？　やえちゃん、泣いてる？」

「泣いてる？」

賑やかな彼らの頭の隙間から、瞬く星が見えた。今はただ、この星空を眺めていたい。

おばあちゃん、私は大丈夫。おばあちゃんが見ていてくれるから、もう寂しくなんかないよ。

＊　＊　＊

こうして、私の冒険は幕を閉じたのであった。さて、その後どうしているかというと——。

「やっちゃん！　どうしよォ！　もうテストまで一週間切ったよぉ！」

「……それ、言わないで、小町」

あれから数週間が過ぎ、早、五月の半ばだ。バタバタしていて忘れていたが、そろそろ中間テストが迫っていた。勉強？　もちろん、しているはずもなく。

「二人とも、こういうのは毎日の積み重ねが大事なんやよ？」

ごもっともです、昴先生。

「今から頑張るしかないかぁ……」

「大丈夫、やっちゃんには俺が教えてあげるね」

ため息をつく私に、昴は優しく笑った。

若葉が生き生きとその緑を輝かせる中、私たちは帰路に就いていた。他愛ないおしゃべりは、いつまでも尽きない。

「ねぇ昴、私はぁ？」

小町が不満げに叫んだ。相変わらずマスカラばっちりの瞳を何度も瞬かせる。最近ますます料理の腕が上がったみたいで、度々私たちに料理を振舞ってくれる。

「こまちゃんは途中でやる気なくすからなぁ」

昴はやっぱり今日も可愛い。だけど、最近ちょっと男らしくなったと思う。背が伸びたのかな？

「あらぁ、みんなそろって仲良しやねぇ！」

気づいたら商店街に入っていた。川嶋さんの甲高い声が響く。元気なおばちゃんだ。

「なんや、そんな大声出して……ああ、八重子か、たまには顔を出しな」

駄菓子屋のおばあちゃんが、店からひょいと顔だけ出した。まだまだ元気そうで一安心。今度ラムネ買いに行かなきゃ。

「なんじゃなんじゃ？　八重子ちゃん、可愛いぎゃるちゃん連れてるじゃーん？」

そこへてっちゃんが颯爽と現れて、小町をナンパし始めた。まったく油断も隙もないんだから。

なんて、賑やかなんだろう。いろんな人に揉みくちゃにされて、出口に辿り着いた時にはへとへとだ。でもそれが、楽しい。楽しいんだ、すごく。

昴は川嶋さんに、小町はてっちゃんに捕まって、私ただ一人、商店街を後にした。

友達も、商店街の人たちも、私の生活をカラフルに変えてくれる、宝物だ。

そして――――。

私はふと、正面を見て足を止めた。

いた。神社の前、いつもの位置に、彼が。私を見つけると、ニヤリと笑い手を挙げた。

「なんだ、変な顔をして。食あたりか？」

「…………………」

相変わらず失礼な狐。

結局、冒険が終わったからといって彼と縁が切れることはなかった。二紫名はいつも通り私にちょっかいをかけるし、私もなんだかんだそれを受け入れている。

私たちは変わらない、何も。

「みんな待っているぞ。特に縁さまが早く来いと騒いでおられる」

「あ、そうだ！　縁さまにこれ、見せる約束してたんだった」

鞄から取り出したのは一冊の絵本。祖母の家に眠っていた『鶴の恩返し』だ。まるで二紫名のことみたい、と言うと、彼は不思議そうな顔をしていた。

「……ちゃんと返してもらえよ？」

「へへへ」

今度は私が、祖母に代わって縁さまにお話をする番だ。そうやって、繋がっていくんだ、どこまでも。

「八重子」

二紫名が真剣な表情で私の名を呼ぶ。伸ばした手が、私の頬をするりと撫でた。

この感じ、前にもあった。また葉っぱが付いているっておちょくられるんだ。わかってはいるのに突然のことでドキドキする。

気づいたら彼の瞳が目の前にあった。ああやっぱり、二紫名の瞳、綺麗だな。空のような、海のような群青色に吸い込まれていく。

あと数センチで唇が触れる、その時――。

「やえちゃーん！」

「やえちゃーん！」

「遅いぞ八重子！」

石段の上から賑やかな声が聞こえてきた。見上げると、あおとみどりとクロウが手招きしていた。二紫名はため息を一つつくと、私に優しく笑いかけ、こう言った。

「行くか」

「うん！」

二紫名を追いかけ石段をかけ上る。ふと、誰かに呼ばれた気がして振り返った。しかしそこには誰もいない。五月の爽やかな風がそよそよと、私のそばを吹き抜けるだけだった。

おばあちゃん――。

おばあちゃんがくれた、この「素敵なご縁」、大切にして生きていくね。

終

「にしなー、何してるのっ？」

「何してるのっ？」

　神社の石段に座り込み、ぼんやりと空を見上げる男が一人。一つに括った真白な髪が、風に吹かれてなびいている。

「……考え事だ」

「あー！　ひまなんだー！」

「なんだー！」

「考え事で忙しいんだ」

　男の周りをうろちょろと、可愛らしい女の子二人が駆け回っている。遊んでほしそうなその様子に、男はいいことを思いついたと言わんばかりにニヤリと笑う。

「クロウが、お前たちと遊びたいと言っていたぞ」

「え、クロウが、クロちゃんが？」

「遊ぶ遊ぶ！」

そう言うと女の子たちは、きゃっきゃとはしゃぎながら境内に駆けて行った。

再び訪れた静寂にホッと息を吐くと、男は着物の袂からある物を取り出した。

小さな箱だ。指輪が入るほどの大きさのそれを、男はじっと見つめた。

「俺がこれを取っていったこと、八重子は気づいていないみたいだな……」

これは、一人の少女の記憶の箱。男は、数年前のある暑い夏の日を思い出していた。

＊＊＊

その日は、うだるような暑さだった。

一人の少年が、ふらふらとした足取りで田舎道を歩いている。アスファルトの上の陽炎が、少年を夢の世界へ誘おうとしていた。

「あつい……みず……みず……がんばれ……おれ……」

気を失いそうになりながらも、そんな自分を必死に奮い立たせる。

失敗するわけにはいかない。この日が、少年の初仕事の日だった。この町に来て神社で修行をして早三年。初めての仕事は、風邪をひいてしまった先代の神主の見舞いだった。

神主は町の外れの実家で隠居生活を送っていた。

そのくらい、へっちゃらだと思っていた。外れにあるとはいえ、小さな町だ。「さくっと行ってさくっと帰ってくる」そう言って外に出てから、かれこれ一時間は彷徨っている。

少年はこの町に来てから、一度も神社の外に出たことがなかった。この日が初めてだった。そのせいかもしれない、暑さで頭がぼうっとして、同じ道を行ったり来たりしてしまっていた。

「うう……もう嫌だ……帰りたい……」

泣き言は言うなと縁さまに言われて来たけれど、口をついて出てしまうものは仕方がない。

「……う……っく……うっく……」

涙が少年の頬を伝い、薄紫色の着物を濡らした。無駄に水分を体から放出するのはよくない。よくないが、そう思えば思うほど、自分が情けなくて泣けてくるのだった。

その時、滲んだ視界の向こうから、一人の少女が歩いてくるのが見えた。少年は恥ずかしくなって、涙を必死に拭う。

少女はギンガムチェックのワンピースに、麦わら帽子を被っていた。とても涼しげなその装いが、少年には羨ましい。近づいてくるとよくわかる。少女は少年よりも幾らか幼かった。

少年は少女と目を合わせないようにした。縁さまから「人間とむやみに関わるな」と言われていたからだ。そっぽを向いて少女が通り過ぎるのを待つ。

しかし不思議なことに、少女は少年の真横まで来ると、それ以上動こうとしなかった。恐る恐る少女の方を向くと、きらきらとした瞳が少年の頭を見ていた。そして少女は小さな声でこう言った。

「わんこ……」

少年はハッとして手で頭を触った。……ある。生えている。あの狐耳が。

この暑さで体力が削られて、大分弱っていたようだ。それに加え、少年はまだ未熟で、人間への変化が完璧ではなかった。

どうしよう、人間に見られてしまった。少年は焦った。こんな時の対処法なんて、縁さまから聞いたことがなかった。

「ねぇ、わんこだよねぇ？」

少女は追い打ちをかける。

「い、犬じゃない！」

何はともあれ、そこだけは譲れないところだった。

「ふぅん？」

少女はなおも、少年の頭をじろじろと見ている。しばらくして視線をようやく下におろすと、「あ」と小さく声を上げた。

「わんこ君、もしかしてまいごなの？」

「な……！」

なんでわかった、と言おうとしてやめた。少年の手にはぐしゃぐしゃになった地図が握られていたからだ。

「それにもしかして、泣いてた？」

「な、な、泣くかっ！」

「でもほっぺにあとついてるよ」

「…………！」

少年は、思わず着物の袖で頬を擦った。自分より幼い、しかも女に泣いていたことを指摘され、恥ずかしかったのだ。

「泣かないで、わんこ君。あつい日はね、すいとうを持っていけって、おばあちゃんが」

少女はそう言うと、背負っていたリュックから小さな水筒を取り出すと、お茶をコップに入れて少年に手渡した。

「く、くれるのか……？」

「うん、のんで。『ねっちゅうしょー』になったら大変だよ」

『ねっちゅうしょー』が何かわからないが、とにかく喉が渇いて仕方なかった少年は、お茶をぐびぐび一気に飲んだ。

「……っはぁ、生き返る」

その言葉に、少女がにこりと微笑んだ。

「それで、どこにいくの？」

少女は地図をぶんどると、少年に行き先を訊ねた。どうやら道案内までしてくれるようだ。

「う……」

　ここまで頼っていいものだろうか。人間の、年下の、女の子に。そんな思いが少年の脳内を駆け巡ったが、少女の太陽のような笑顔を見ているうちに、そんなことどうでもよくなってきた。

「実は……」

　少年はちっぽけなプライドを捨てることにした。


「……あ、ありがとうな、いろいろ」

「いーよ！　もうまいごにならないようにね、わんこ君」

「だ、だからっ……犬じゃな……い……？」

　少女は自身が被っていた麦わら帽子を、少年の頭に被せた。突然のことで少年は混乱する。

「これで、わんこだってバレないよ！　じゃあね！」

　そう言って、少女は踵を返した。帰ってしまう。今度はいつ会えるかわからない。いや、もう会えないかもしれない。もやもやとした感情が、少年を突き動かした。

「お、おい！」

　自分でも驚くほどの大声。こちらを振り向く少女に、少年は口を開く。

「お、おまえ……名前は？」

「やえこ、だよ」

「やえこ……おまえは度胸がある。妖に会っても驚かないばかりか、親切にもしてくれた。妖は恩を返す。だから……だから、おまえを俺の嫁にしてやる」

『嫁にする』の意味を、少年はよくわかっていなかった。ただ、縁さまの弟子である少年の『嫁』になるということは、とても名誉なことなんだと、大人たちから聞かされていたのだ。

少女はぽかんと口を開けていたが、やがてふわりと笑った。

「うん、いいよー。お嫁さんになってあげる」

「え……いいのか？」

まさか即答で「イエス」がもらえると思っていなかった少年は、些か驚いた。

「いいよ。やくそくね？」

そうして、二人、指切りをした。

燃えるような太陽だけが、二人を見ていた。

＊　＊　＊

「にしなー！」

「なー！」

ハッとして振り返る。石段上にいたのは、先程の少女たちだった。どれくらいぼんやりしていたんだろう、と男は思った。

「縁さまがよんでたよー？」

「よー？」

「……今行く」

縁さまのお呼びとあれば、行くしかない。男は重い腰を上げた。

小さな箱を、再び着物の袂に仕舞う。八重子に渡してやるものか、と男はくくっと笑った。

「自力で思い出せ、阿呆」

あとがき

はじめまして。この度は「妖しいご縁がありまして－お狐さまと記憶の欠片－」を手に取ってくださり、誠にありがとうございます。

著者紹介にもありますが、本作は私自身の祖母への想いを混ぜ込んだ、思い入れの深い作品となっております。祖母が亡くなって十数年経ちますが、未だに「ありがとう」と「ごめんね」が言えなかったことが心残りで、八重子のように会って伝えられたならと考えることがあります。作中で二紫名が言った「後悔は尊い」「ここから始めればいいんだ」は、実は私が言ってもらいたい言葉でもありました。

そんな特別な作品をこうしてお届けすることができ、言葉にならないくらい嬉しい気持ちでいっぱいです。

さて、八重子は引っ越し当初かなり不満気でしたが、私はというと、本作の舞台である能登はとても好きな場所だったりします。のどかな街並み、雄大な自然、おいしい食べ物、優しい人々……いつ行っても「また訪れたい」と思わせてくれる素敵な場所です。特に、作中に登場しました「恋路海岸」の「見附島」は本当に軍艦が迫ってくるようで、とても迫力があります。もし能登に訪れる機会がありましたら、ぜひ立ち寄ってみてください。

　また、本作はたくさんの方のご尽力のもと刊行するに至りました。

　自信の持てない私に優しいお言葉でアドバイスしてくださった編集の佐藤様。コロナ禍で会うことがままならない中、細やかなご連絡とても安心できました。本作を見つけてくださり本当にありがとうございます。妖しい……ではなく、素敵なご縁をいただき感謝しています。

　装画を担当してくださった紅木春様。可愛らしくも妖しい雰囲気の漂う、美しいイラストをありがとうございました。初めて目にした時の感動は、これから先も一生忘れません。

　また、この本に関わってくださった全ての方々。皆さんのおかげでこうして形にすることができました。ありがとうございます。

　励まし支えてくれた家族、今日まで頑張れたのはみんなのおかげです。いつもサポートをありがとう。

　そして、おばあちゃん。この話が本になったということを、一番に伝えたいです。きっと、喜んでくれると思います。いつまでも大好きです。

　最後に、読んでくださった全ての方に心より感謝申し上げます。最後まで楽しんでいただけたら幸いです。またお目にかかれることを願っています。

二〇二〇年九月　汐月　詩

ことのは文庫

妖しいご縁がありまして
お狐さまと記憶の欠片

2020年10月26日　初版発行

著者　汐月 詩
発行人　武内静夫
編集　佐藤　理
印刷所　株式会社廣済堂
発行　株式会社マイクロマガジン社
URL:http://micromagazine.net/
〒104-0041
東京都中央区新富1-3-7 ヨドコウビル
TEL.03-3206-1641 FAX.03-3551-1208（販売部）
TEL.03-3551-9563 FAX.03-3297-0180（編集部）

本書は、小説投稿サイト「エブリスタ」（https://estar.jp/）に掲載されていた作品を、加筆・修正の上、書籍化したものです。
定価はカバーに印刷されています。

ISBN978-4-86716-066-4　C0193
乱丁、落丁本はお取り替えいたします。